M. BLAUZDES
GRĀMATA

把心放进一个嘎查

张阿泉 著

山东画报出版社

自序

这一册小书，收二十四篇文章，近八万字，跨度有十二年，最早一篇写于二〇〇一年八月，最后一篇写于二〇一三年一月。与其说这是一本随笔集，不如说这是一本职业电视人的多元做工札记。这些文章往往不是出于刻意创作，多是因为某种特定机缘的相促相激而偶然留下，体裁也比较杂，包括微电视解说词、民间风物考证、序跋、评论、发言、书话、新闻事件追踪、美学个案研究等等，短则千馀字，长则八千多字。全书篇目，按写作时间的先后排序，大致可以看出近十二年来我的工作行踪和思想轨迹。

二〇一一年六月，我在内蒙古教育出版社出版过一本小书《书读长城外》，收入了二十一篇“杂拌儿”文章，跨度也比较长，有十一年。在该书《后记》中，我曾这样阐述：“……‘书读长城外’的下句应是‘马放阴山下’。突破狭隘的书斋，吸收游牧文化中的‘越位’、‘流动’思维，把心性融入草野大地，用镜头和笔搜索纯净、定格真实，一直是我努力追求与践行的目标。”现在的新结集《把心放进一个嘎查》，依然延续了这种“游走”、“跨界”风格，写作时段也与《书读长城外》基本平行，并在某些方面做了更“摇曳多姿”的探索，可算是《书读长城外》的姊妹篇。

“嘎查”是蒙古语，汉译为“村庄”之意。它是内蒙古草原上最小、最基层的行政单位，稀疏而谦卑地散落在大地上，生活节奏缓慢，完全保持着“野生”状态。在采访、行旅过程中，我曾多次深入一个又一个嘎查，总被由蒙古包、风车、牛粪堆、围栏、奶茶和悠闲的牧人构成的“蒙古人的慢生活”所感染。我虽是汉人，却有一颗蒙古心，这心必须放进一个嘎查才会觉得安妥、轻松，嘎查成了我的精神家园。也是因此，我惯于把生机勃勃的游牧主义思维灌注到日常的采编、读书与写作中，使之成为一种鲜明的美学追求。

在大都市的拥挤嘈杂中讨生计的人，时时被名利所羁绊，麻木干涩，久已不接地气、不沐云水，如果能有机会去草原深处的嘎查走一走，清清心，洗洗肺，那将是再幸福不过的事情。即便没有机会去，至少也要“心向往之”，因为只有把心放进嘎查而不是放进闹市，我们的人生才有返璞归真的希望。

二○一三年十一月二日夜至三日晨，写于成都芳邻路十号。

目录

不用到江南，塞北大兴可采莲 …… 1
咸丰年间的贞节牌坊 …… 5
谁在“雕刻时光”里赖着不走 …… 9
那一年，我造访了福州 …… 16
“沧海横流”、“大浪淘沙”后磨出的
一颗小珠、一扇小贝 …… 23
小哈扎布为老哈扎布深情立传 …… 29
情怀依旧，凤兮归来 …… 35
书香圣地——成都市玉林北街三十四号 …… 40
吴绍同素描 …… 64
短语寥寥胜过大论喧喧 …… 77

小人物的命运折射大时代的风云 89
散文作家要在“在场主义”之外 99
看龚明德教授如何修补《斜坡》 110
梦柳斋，葛筱强的“精神后厨” 113
明代古松，四百多年只做了一件事 125
关于古松年轮的推测 134
大家寂寞，研究大家的人同样寂寞 138
当我们热爱阅读，我们在热爱什么 145
为“文化大厨”做一次“文化小厨” 157
搜而后得之书，读来最乐 165
微书话四则 173
小注是历史的旁白 178
新闻记者：身在果壳而心怀宇宙 187
芳邻路十号：当一个地址成为一个地标 200

后记 213

不用到江南，塞北大兴可采莲

莲花，别称芙蓉、芙蕖，属睡莲科，素生南国，北地一向罕见。

查辞典，相关词条这样注释：“莲者，荷也。多年生草本植物，生浅水中，地下埋茎，有节，叶子圆形，高出水面，花大，淡红色或白色，有香味。”

古诗亦有云：“江南可采莲，莲叶何田田。”

在内蒙古赤峰市翁牛特旗科尔沁沙地腹地的大兴乡，竟也有一大片莲塘，满池莲花恣肆盛开，微风过处，其摇摆之姿袅袅婷婷，清气逼人，成为一处塞外的奇景。

大兴莲塘最初形成于二十世纪九十年代中期，水面约有五十多亩，周围蒲草丛生，塘中水草茂密。这个池子的位置颇为特殊，贴近西拉沐沦与老哈河的交汇地带，东走不远就是通辽市的开鲁县地界。它紧邻河水，原是一个用推土机开掘出的蓄水池。而在推土机推过之后的第二年，池中竟偶然冒出了几茎莲花，且愈开愈多，愈开愈盛，终至“一发而不可收”，几年后繁衍出了三大片生机勃勃的莲花。

每年七月至九月的夏秋时节，是大兴莲塘最生动绚烂的花期，空气格外清新，满池绽开着红白两色荷花，洁净的水面上漂浮着伞形荷叶，鱼戏其间，野鸟啁啾出没，颇为热闹。负责管理莲塘的当地农夫不时撑上小铁皮船，在莲叶与苇丛间穿行，体验水乡荡桨之乐。

为什么大兴乡会生长莲花？是气候原因还是地灵之故？披阅《翁牛特旗志》可知，大兴乡是翁牛特旗最低处，海拔仅二百八十六米，地势平坦，气候温润，地下水位较高，土质多为草甸土、沼泽土，适宜发展农、牧、渔业生产。在开阔的冲积平原上，遍布着沙丘、草甸和沼泽地。而沿河地区的河道宽阔，多有河汊、深槽、浅滩。地理环境的特殊性，为大兴莲花提供了“偶然得之”的生长条件。

大兴的莲种，属优质“大叶莲花”，原产地在热温带。究竟是什么原因让这些热温带莲种在遥远的北方落地生根了呢？这真是一个值得探讨的、有趣味的现象。我咨询了许多大兴当地农民和农业科技人员，他们的回答都不太确定。归纳一下说法，大致有三：一是莲种由飞鸟衔来；二是莲种由河水冲来；三是邻近大兴乡的高里罕苏木，至今仍有“莲花泡子”这样的旧称，大兴乡也可能同样生长过清荷，衰败后有古种散埋于地下深处，偶被挖起。

三种说法中，我觉得第二种比较接近实情。大兴的莲种最有可能来源于老哈河上游敖汉旗小河沿。清朝时，敖汉旗小河沿一带广种荷花，秋季盛开，花势茂然。因为是“特佳品种”，敖汉荷花曾被移栽到承德避暑山庄。在《热河志》中，可查到这样的记载：“敖汉所产荷花，较关内特佳，山庄移植之。塞外地寒，草木多早黄落，荷独秋尚开，木兰回跸时犹有开放者。”荷花的果实莲子属坚果，生命力极强，据说几百年甚至上千年后仍能萌芽。莲子虽产于热温带，但很耐寒性，只要冬季池底不冻，即能存活。估计是敖汉旗小河沿的地下古莲子被水冲刷而出，裹入泥沙，顺老哈河之流而下，到了与西拉沐沦交汇处便淤积下来，“得其所哉”，又再现了几百年前的生机。

大兴乡现在的莲塘由来自通辽市开鲁县的一位农民承包和管理。他就住在莲塘附近的土屋里，每天除了踏过急流上的木桥到莲塘里照看荷花之外，还种稻、养鱼。莲塘在秋后所产的莲子和藕，也能拿到集市上去卖，赚得一些经济收入。这农民是一个质朴乐观的人，他爱这片莲塘，也专注于自己富于诗意的“护花使者”工作，心里很满足。

大兴莲花的来由虽尚无定论，但有一点毋庸置疑：正是此地适宜的水土气候，才孕育出了“时空穿越”、“择地而生”的这一池莲花。

这个奇异现象，给我们带来不少环保启示，以及“天意怜幽草”、“出淤泥而不染”、“低头弄莲子，莲子清如水”等古典美学意境的品咀。

二〇〇一年八月三十日，根据采访笔记和乡邦文献，整理查考而写。

咸丰年间的贞节牌坊

在内蒙古赤峰市松山区打粮沟门乡新井子村（现划为红山区文钟镇二道井子村）蔡家沟自然村的马鞍山下，至今仍遗存着一座崇扬封建礼教的陈迹，这就是始建于清代咸丰年间的贞节牌坊，时间约略在一八五四年左右。

贞节牌坊很小，通高仅四米，占地约四十平方米。因年代久远，自然剥蚀加上人为破坏，牌坊上部的冠盖檐拱已残缺不全。

从现存状况考察可知，此牌坊系由粉红色花岗岩凿筑扣合而成，四柱三门，中间门大，两侧门小，石质细腻，造型也相当隽美。中门宽而高，门楣处阴刻着“门题沛相”四个馆阁体楷书大字，大字两侧各有小字题款，内容连读是“咸丰四年六月为刘节母杨太孺人立”；中门主立柱正面，刻有阴文楷书楹联一副，上联是“光照卯金青灯有焰”，下联是“芬流天水古井无波”；在题字和楹联的边缘，分别点缀着花卉、缠枝、箭、果盘、银挺、如意、蝙蝠、鹿、灵芝、鹤、龙、望天猴等雕饰图案，线条逼真，清晰如昨，雕工甚精。

这座贞节牌坊的因缘事迹几无文字可考，仅有一些口头的讲述相传。话说咸丰年间，马鞍山下的这个小村庄里，有贞节女杨氏，嫁与刘某。刘某因病早夭，弃下母子二人。杨氏寡居自持，忠义守节，与遗孤相依为命，并最终将其抚养成人……这样普通的一个关于贞节烈女的雷同故事，不意间竟辗转呈诵，奏至朝廷，并蒙咸丰皇帝恩旨，准予建立牌坊，以示旌表。于是，在蔡家沟村村外的偏僻荒坡上，便孤零零地立起了一座高水准的贞节牌坊。

潇潇风雨中，这座小巧敦实的贞节牌坊已肃立了一个半世纪之久。在苍茫大野的背景衬托下，它显得相当遥远、渺小而又坚韧，一如世间所有贞节或“被贞节”

的女人的命运。我第一次走了很远的路来探访它的时候，正值北方的秋天，农田里的贞节牌坊被晾晒着的葵花盘子所包围，葵花盘子热烈的金黄给寂寥的贞节牌坊平添了些许温暖。

据赤峰市摄影家、文史专家孙国辉先生考证，故事最后的结局有两个版本：一说是修牌坊时，杨氏已逾花甲，未待牌坊竣工，就病故了，牌坊也便成了最后的纪念；另一说是修牌坊时，杨氏正值三十四岁壮龄，独守空房，被寒衾冷，而为她修牌坊的宫廷石匠也恰好是四十多岁的鳏夫，体魄健壮又心慧手巧，遂被杨氏心中暗恋，干柴烈火，日久也便情深，于是两个有情人在牌坊落成的前夜大胆携手私奔了。

关于前一种说法，略可查考。在蔡家沟这个山坳里的小村，我与孙国辉先生曾一起寻找到一位叫刘久田的老人，六十七岁，口齿伶俐。据他讲，蔡家沟人并不以蔡姓居多，全村大多姓刘，祖上从北京移民至此已历七代；节妇杨氏为其祖上，家谱中也确有“刘杨氏”字样。按传统礼教规定，改嫁的妇女是上不了家谱的，可见杨氏并未改嫁。

刘久田老人对“杨氏与宫廷石匠私奔”的八卦传说颇为痛恨，矢口否认。他回忆说，“文革”时期，本地学校的红卫兵扬言要砸贞节牌坊，他就在前一天夜里亲手将坊檐上方镌有“圣旨”的楣额拆下，悄悄埋入地底，保留至今；还有原来摆在牌坊两侧的两块长方形雕石，刻有插花瓶浮雕，现存蔡家沟刘有仁家中。

关于后一种说法，虽无准确史料记载可以坐实和佐证，我倒也觉得非常富于人间烟火况味，并非简单的“伤风败俗”之说。“效文君之壮举，坏帝王之纲纪，破千古之遗训”，这是很勇敢的“胜利大逃亡”，展示出不可压抑的人性张力。

古来即有一句尖锐讽语“又想当婊子，又想立牌坊”，而该故事女主人公杨氏，既非滥情婊子，也没有看重冰冷的石头牌坊，而是勇敢地做出决断，抓住皇帝赐予的“天赐良机”，循着生命的温热与召唤义无反顾地奔去，嘻，难道她不是另一种意义上的烈妇么？

二〇〇一年十月三日，赤峰泉斋灯下记。

谁在“雕刻时光”里赖着不走

记得那是一九九八年深冬，我在北京访书小住，经常与好友贾广鑫去北大东门附近的“雕刻时光”消磨长夜。贾广鑫是我们赤峰人，聪明异常，毕业于北大，所以他喜欢在北大一带盘桓，用我的话语方式形容就是“流窜”。

“雕刻时光”是台湾人庄崧冽（昵称“庄仔”）开的一家咖啡馆，隐于小街深处（记得是海淀区成府街四十五号），青石台阶，圆顶小门，门牌很像电影场记板。室内空间不算太大，但雅致而富于情趣，有低调的背景音乐飘荡，有固定在墙上的厚原木板书架，各种预告、食单都是用粉笔书写。

矮桌、台灯、画册、唱片、书籍、咖啡、电影、心事……“雕刻时光”非主流的边缘气氛，给人创造了一种脱离尘俗的气场，让人悠然沉浸于闲谈、阅读、倾听和发呆。

每逢周二和周四，“雕刻时光”就会放映一些诸如基耶斯洛夫斯基、侯孝贤、塔可夫基斯等世界名导的电影。而“雕刻时光”这个店名，也正源于前苏联著名电影导演安德烈·塔可夫斯基（Tarkovsky）的同名回忆录。你可以想象一下，把急躁忙乱的一颗心放慢下来，坐在咖啡略带糊味的浓香里，闲闲地“花时间”，将时光一刀一刀精雕细刻，这是多么令人神往的事情！而咖啡馆的意义也正在于斯：“让时间、人和情感在此驻留，留下美好的回忆。”

“雕刻时光”的广告词是：“我不在咖啡馆，就在去咖啡馆的路上。”这句话出自一个维也纳艺术家之口，在摄影集《打开咖啡馆的门》（东方出版中心一九九九年四月版）中可以查到此语出处，原话是：“我不在家里，就在咖啡馆；不在咖啡馆，就在去咖啡馆的路上。”

这种俏皮说法，表达了艺术家对咖啡馆痴迷与依赖的程度，当然也显示出艺术家的悠闲。寻常普通人即使没有艺术家的奢侈散淡，亦可偷得浮生半日，躲到“雕刻时光”里消磨一个不被打搅的下午，或赖着不走直到更深夜半，饿了就向年轻的老板娘李若帆（一个气质优雅的湖南籍姑娘）点一碗口味正宗的意大利面。

由德国《摄影画刊》亚洲记者张耀摄影并注文的《打开咖啡馆的门》，讲述了欧陆星罗棋布的咖啡馆三百五十年的历史烟云，探讨了伟大、高尚、浪漫的咖啡文化。在该书末尾，张耀先生意味深长地写道：

……但想一无牵挂地“沉沦”进去，却并不容易。在西方泡咖啡馆是一种“挥霍”，挥霍你的时间。要看穿光阴，忘记时间宝贵这个词句，才有资格做一个咖啡馆里的常客。

门已经打开了，桌上的咖啡喝不完。怎么喝法？就看你的人生哲学了。

一九九八年深冬过去之后，我没有再访过北大东门附近的“雕刻时光”。后来听说这家极富特色的咖啡馆在城市扩张中被迫拆迁了。我与好友贾广鑫也失去了联系，彼此天各一方，忙碌于“奔生”。时光快得令人心惊，一转眼六年过去了。

二○○四年十二月，我带队赴京采访西北美食经营专家贾国龙仁兄。采访间隙，他带我们内蒙古卫视《蔚蓝的故乡·顶级探访》摄制组到北京香山买卖街五十号的一家咖啡馆吃晚餐，我发现这里竟是当年熟悉的“雕刻时光”之香山店，颇有老友重逢之感。

原来当年的小店“雕刻时光”已发展成了连锁企业，现有四家分店。除香山店外，还有魏公村店、五道口店、丽都店，装饰风格仍然走古朴怀旧一路，惯用原木材质作屋顶，垂挂着暗绿的铁罩子灯，背景音乐舒缓玄妙，有满架的杂书可供顾客自由选读。其店面标识是一个慵懒的大眼猫头，广告词依然是那句“我不在咖啡馆，就在去咖啡馆的路上”。店内的饮品、食品标价虽不菲，但也确实可口，披萨好吃，蔬菜汤好喝。

记得曾在报端读到一则短评《走出咖啡馆》，文内引用了一段外电报道，说埃及的咖啡馆太多了，遍布大街小巷，以至于许多年轻人喝咖啡上瘾，把大量光阴和精力消耗在咖啡馆里，而不是用在学习和工作上，埃及政府正计划大量削减咖啡馆，以减低其对年轻人的不良影响。与埃及的咖啡馆数量太多相比，中国的咖啡馆数量似乎仍偏少。中国年轻人因为太匆忙也太功利，心境粗糙，往往连坐下来喝一杯咖啡的时间与心情都没有了。其实咖啡馆远比教室课堂更能培育年轻人的心性与品位，它不但是品咖、读书、谈天、雅集的好场所，更是灵魂憩园与艺术摇篮。中国政府应鼓励年轻人少沉耽办公室、会议室，多走进咖啡馆，多领略欧陆咖啡与沙龙文化的风味韵致，以熏染出一些从容、安静、内敛、优雅的精神气质。

今年夏天我在北京小住，曾邀中央民族大学青年舞者陈寅一起到“雕刻时光”魏公村店畅聚。该分店在北京理工大学南门临街二楼之上，门面很小而内里很大，木桌子加台灯，带红帽子的侍者和闲散的消费者大多是在读的大学生、研究生，或聊天调情，或上网浏览，或看书写字，或闷头痴想……各有所爱，互不相扰。我和陈寅离开时，特地购买了吧台出售的两个带有“红五角星衬托大眼猫头”标志的大白瓷杯作纪念（这瓷杯很沉很厚实，与星巴克带深绿女海妖标志的专用瓷杯非常相似）。

在“雕刻时光”魏公村店浏览厚原木板搭建的书架时，我还发现了自己一九九八年出版的一本小书《掌上珠玑》精装本，扉页已被撕去，封面贴着“时光图书”的编号。这估计是一九九八年我签送给“雕刻时光”老板庄崧冽的那一本，他随手翻翻也就顺手开发成了“雕刻时光”里供人闲览的图书展品。七年前在海淀区成府街那家小店里赠出去的小书，辗转流徙中竟然没有丢失，如今又在魏公村不期而遇，这也可算是“书籍命运不可捉摸”的一个实例。

二〇〇五年十一月二十日，灯下杂记。

补记：

目前，雕刻时光咖啡馆在京分店已有十三家，同时在西安、上海、南京、杭州、福州、深圳、大连、广州和扬州开设了分店。二〇一四年四月，三联韬奋书店开始二十四小时营业，位于其二楼的“雕刻时光”三联店也同步“不打烊”，成为首都休闲文化的地标。

二〇一四年六月十四日凌晨，校后缀笔。

那一年，我造访了福州

第一次来福州，是为专访著名棋牌专家郑太顺。郑先生聪明异常，性情亦放达可爱，棋牌技艺超一流，曾在国内许多电视台的火爆节目中做过现场展示，出神入化的表演惊呆了许多观众。我给郑先生做了上下两集电视专访，拍摄之外还一起会朋友、吃海鲜、看海景、访闽南老宅，日程安排得紧凑而充满乐趣……

这里，我要谈谈对福州断片而又直接的感受。

每到一座陌生城市，我都淘宝一样首先着力搜集当地的乡土、风物、方志类图书。当或新或旧的主题“地书”从大小书店、书肆迅速被吸纳汇聚到旅馆房间的茶几上积成一堆时，我便“茶熟香温翻好书”，开始慢慢从人文角度进入这座城市的精神空间。

我初到福州，当然也是如此尽心搜集这方面的“地书”，但所获有限，只淘到三本关于福州的书，分别是《闽都古韵》（插图本文史要览）、《锦绣福州》（画册）和《福州旧影》（老照片集）。

《锦绣福州》这本精装画册，原是我向于山宾馆商务中心借阅的。那中心除提供上网、订票等服务外，还向旅客“抵押式”借阅一些流行图书，里面就有这本已经陈旧的《锦绣福州》。我试着问能否把《锦绣福州》按原价卖给我，那年轻女营业员竟口气决绝地回答：“我们这里的书，只借不卖！”无奈之下，我只能照规矩办，留下一百元押金，借走此书。回到房间，埋在柔软的沙发里（并找来一只小木方凳把疲惫的双腿垫平），灯下安静地翻阅《锦绣福州》，我忽然领悟到，所谓“押金”似可这样理解：如果我借的《锦绣福州》不还，那“押金”便取不回，即相当于用一百元高价买下了这本数年前出版的、定价六十元的画册。我于是就再没有还书，让押金永远“押”下去，曲线得到了这本《锦绣福州》，践行了一次“用押金买书”的特殊购书方法。

研读完这三本图文书之后，我便开始实地踏勘福州的大街小巷，继与纸质文本两相对照，体察也就愈深，时有“似曾相识燕归来”、“风景旧曾谙”的时空错觉。

福州自有其独具格调的万千风华，但让我欣羡的地方却是“一座城池半树木”。福建省省会福州，即“有福之州”，我想，其福分之一便是这里有太多苍翠繁茂的大树，与古城一起经历沧桑，雕刻一寸寸流变的岁月。

福州的树种繁多，许多树连当地人都叫不出名字，当然最常见的树种还是榕树。据说，从宋朝开始，由官衙推动，满城广植榕树，遂使绿荫如盖，福州因此得了“榕城”这个雅号。走在福州街头，发现榕树树干虽粗大但并不笔直挺拔，而是枝杈众多，发散性地向四面八方的天空伸张开去，支撑延展着体量庞大的树冠，盘根错节地组成一个非常复杂严密的系统。榕树树根一般半裸于地面，有大量胡须一样的须根从枝干上垂挂下来。

查福州地方文献可知，福州森林公园里有一棵无敌榕树王，植于北宋治平年间，树冠覆盖面积达一千三百多平方米，完全近乎“树似穹庐，笼盖四野”了。

俗话讲“十年树木，百年树人”，如果换一个角度讲呢，好的树木也同样需要上百年甚至几百年、逾千年的生长期，才能真正“树”起来；而树的寿命要比人的寿命长久得多，可以成为“今树曾经庇古人”的“活化石”。我揣想，苍天造万物一定各有其理，之所以会造出生命力顽健的美丽树木，大概就是想让树木好好地陪伴人类、帮助人类、安慰人类、提醒人类，为人类慷慨无私地提供氧气、木材、燃料、凉荫乃至灵感、哲思。

就像雨雪、河流、山峰、花草、牲畜一样，树木也是人类最重要的朋友。法国画家马蒂斯曾说“人与树木要一起成长”，树木的春华秋实，与人的生命运转周期如此吻合，一圈一圈的年轮如同人脸上的皱纹。当黄叶在风中翻飞，树下人的心境也该如黄叶一般深邃静美。

对于福州的树木，福建散文作家郭风在他干净朴素的散文随笔里曾多次描写过。郭风是我少年时代就崇敬的作家，既来了福州就不能不寻访拜见一下他。几经问询，才知道老人正生病住院，已不能写作。二〇〇六年四月二十三日上午，我与本台编导张伟平君一起去福建省立医院高干病房（十六区六楼三十八床）特地探望了郭风先生，为他献上了一大束鲜亮的红玫瑰，并拍摄了很多他穿着细条病号服斜倚在病床上的照片。出生于一九一八年一月的郭风已近八十九岁高龄，卧病很久了，已难以与客人进行正常话语交流，手抖得也不能在我带去的《郭风评传》、《郭风散文选》两书扉页上签名留念，面露微笑但嘴里发出的是含混不清的声音……

福建省立医院负责郭风治疗的责任护士王续玲女士向我们介绍说，郭老虽是中国名作家，但为人没有任何架子，很善良，很看得起别人，从不麻烦别人，医院里的医生、护士对郭老都特别好，都很尊敬他。负责服侍郭老已有半年多的护工廖忠燕也说，郭老在二〇〇四年春季就因病住院了，当时他还可以到病房外面走一走，也能给来访的客人签名题字；到了二〇〇五年十一月，老人病情忽然加重，每天必须卧床，耳朵和手都不好使了，平时仅喝一点儿小米粥充饥。在郭风病房的窗台上放着一盆好花，品种似是兰花或君子兰，这盆花清逸逼人、生机勃勃，而爱它的主人却只能衰弱地躺在病床上。

告别了郭风先生，从医院里出来，联想到屠格涅夫笔下那篇著名的散文诗《老人》的第一句：“黑暗艰难的日子到来了……”不禁生出几多感慨。郭风先生虽已足够长寿，但作为一生爱树木、爱花朵、爱蝴蝶、爱松坊溪的“叶笛吹奏者”，垂暮之年被疾病完全剥夺了思考与写作的能力，想来他的心里一定充满了难以言说的苦痛与遗憾。

我们内蒙古卫视《蔚蓝的故乡·顶级探访》摄制组所入住的于山宾馆，位于福州市中心，依“于山”而建，环境清幽，与千年白塔相邻；宾馆一楼大厅可见山上的溪水沿巨石汩汩流淌，客房和餐厅都富有闽南风格，房间二十四小时提供温泉洗浴，每天上午都有当地最新的报纸送到房间；在于山的半山腰，有一家咖啡馆，店名也叫“雕刻时光”，屋子很大，属闽式老建筑，光线比较昏暗，红方蜡烛的烛光映亮清秀的面孔；于山顶上，还有一座音乐厅。晨昏从于山宾馆徒步出门，既可盘桓上山，亦可直接入市。

“人生易老天难老”啊！福州的年龄已有两千两百多岁，而我才刚刚踏进它温软的怀抱，似乎来得太晚，也似乎正当其时。仔细品尝南国的白刀鱼、肥蟹、枇杷，吮吸椰子鲜美的椰汁，仰视福州无数的古榕树，我的习惯了北方粗犷、野性风物的眼睛和心得到了另一种细腻的润泽。愿从此与“有福之州”结一段尘缘，愿以后有机会再来造访它、体验它，在它寻常而丰富的“三坊七巷”式市井生活中寻找到更多的乐趣与休息。

二〇〇六年四月二十八日，断续写于福州于山宾馆四〇六房间。

“沧海横流”、“大浪淘沙”后磨出的一颗小珠、一扇小贝

——《碧绿与蔚蓝——六集草原文化电视专题片插图解说词集》后记

六集草原文化电视专题片《碧绿与蔚蓝》的解说词，是二〇〇四年夏季我应内蒙古文化厅前厅长焦雪岱先生、内蒙古文化音像出版社社长程建林先生之邀而写，持续写了一年半，中间多次被各种突然而至的采访事务打断，又多次被内蒙古文化音像出版社副社长臧志君仁兄电话委婉催稿，至二〇〇六年一月才全部写毕。

记得我写最后一集解说词时，是二〇〇六年一月二十八日深夜，正值春节除夕，我独自枯坐电脑前，一杯热茶、一碗康师傅香辣泡面、一盒烈性香烟，伴着室外急响的烟花爆竹声和蜂拥而至的新年问候短信，集中精力写作，把心思完全投入到千年以前的古老历史烟尘

中去，一直写到凌晨五时许，才终于敲完最后一个字，倦极倒头而眠。正月初一中午十二时许，我向臧志君仁兄交了稿，特别善良仁义的他连声说："兄弟辛苦了！"并请我在呼和浩特鼓楼附近的台湾永和豆浆店吃了一顿简朴的午饭，下午二时半后他又开车把我送到白塔国际机场。近四时，飞机起飞。五时半许，我回到了年味儿浓郁、光线明净的故乡小城赤峰，开始享受迟到的春节假期。一个人在除夕写稿，也永远成为一份难得的回忆。

《碧绿与蔚蓝》是我继十二集电视文化专题片《草原文明》之后所接手的又一部学术含量较高的电视系列片解说词创作，虽只有六集，但难度并不比《草原文明》低。《草原文明》的视角是宏观的，线条粗犷，扫描的是"历史的面"；而《碧绿与蔚蓝》的视角是微观的，纹理细腻，聚焦的是"历史的点"。因此，我在创作每一集解说词时，都尽量多地查找对等研究领域内的代表性著作和文献资料，争取采集到比较全面的细节信息，广泛吸收融汇已有的考古学成果和最新的科学发现，努力使自己笔下的文字能触摸到历史事件的原貌。

《碧绿与蔚蓝》涉及阴山、玉龙、昭君、辽都、成陵、召庙六个经典草原文化节点，主题虽都是焦雪岱、程建林两先生商定的，属“命题作文”，但这也都是我极感兴趣的一些领域，平时就特别留心，搜集、积累了大量或旧或新的考古类、乡邦文献类杂著，其中很多珍贵的旧版学术书都是从呼和浩特市文化商城旧书肆老板王春光那里淘来的，他的这家主卖蒙古学文献与美术书籍的小书店，几乎成了我的“写作原料采集基地”。王春光的正业是教师，业余鼓捣和倒卖古旧书，长相黝黑奇古，人也很厚道，熟谙青城贩书界行情，搜书能力非常强，当然“待价而沽”的能力也强。每次我傍晚临文化商城打烊前赶过来，在王氏小书店拥挤不堪的书架下环顾张望良久，选中一本摘取一本，最后淘到的各类新旧画册、摄影集、民俗与考古专著，摞在案上总有一大堆，双手也弄得灰扑扑。接下来，就是与王春光一起一本一本掂量着旧书进行估价、讨价、核价，整个过程充满了“锱铢必较”的“算计之乐”，而我的游戏规则是“苛刻而又不伤交情”，既接近成本又让对方赚到差价。成交后，王春光总是一边叹息自己亏本了，一边找出绳子和废旧牛皮纸仔细把书打包，最后帮我把书一直搬到夜灯初亮的马路边上才离去。

写作《碧绿与蔚蓝》，既是一次对我的专业藏书的抽调，也是一次对我的文化思维的考量，我类似是“以记者的身份做学者的事业”。而且，写作的过程亦是研习与精进的过程，我在广泛披阅史籍和实地考察拍照的做工中，时常“柳暗花明”，体察到许多“发现的愉悦”。

您现在看到的这本《碧绿与蔚蓝——六集草原文化电视专题片插图解说词集》，是电视专题片《碧绿与蔚蓝》的衍生产品，我与现任内蒙古文化音像出版社社长兼总编辑臧志君仁兄一起进行了策划探讨，先对六集解说词进行了整体修订，继请林幹、苏俊、毕奥南、齐木德道尔吉、李俊义等专家对六集解说词进行了学术审校，之后邀请内蒙古大学徐炳勋、林杨师徒把解说词全文逐段翻译成了妥帖畅达的英文。林杨是著名历史学家林幹先生的孙女，虽年轻，但英文相当稔熟精湛，在翻译过程中担纲了主力。徐炳勋教授是顶尖英语专家，对“林译”进行了严格校改与审定。

在内蒙古文化音像出版社出版的六集草原文化电视专题片《碧绿与蔚蓝》DVD 中，解说词中文字幕下面也同期加注了英文字幕，由另一位英语专家王新翻译完成。

为达到图文互补效果，《碧绿与蔚蓝——六集草原文化电视专题片插图解说词集》插入了大量有关文物、古迹、遗址、人物、山水、文献的图片，增加了本书的信息量与直观性。书影一直是重要插图种类，其独特的视觉效果不可替代，本书书后即取消了原拟列出的“《碧绿与蔚蓝》解说词写作主要参考文献”，代之以“与各分集主题相对应的参考文献书影”，以正式插图形式入书，统一安排在“右侧特区位置”。这是一次创新尝试，既丰富了全书插图品种，又链接展现了文献实物面貌，对读者的“直观感知”、“按图索骥”以及“延伸阅读”都颇有助益。

在《碧绿与蔚蓝——六集草原文化电视专题片插图解说词集》编辑出版过程中，内蒙古自治区政协主席、作家、诗人陈光林欣然作序支持；内蒙古教育出版社黄妙轩副总编辑直接参与了策划与审校，使本书以朴素大气的装帧风格率先忝列“纸阅读文库”之林。我希望本书能为“纸阅读文库”之“声像延伸系列”酝酿出一个好气象。

在我参与主创的若干电视专题片、纪录片当中，《碧绿与蔚蓝》这个片名是深契我心的，因为它传达出了草原浩瀚辽阔的神韵。“碧绿”是内蒙古大地的主色，“蔚蓝”是内蒙古天空的主色，两色之间，时空无限，万物生长，命运轮回。我一直主张“文献考证与田野调查并重”，因为只有两者互动，才能彼此印证，避免偏颇；而在做足了文献考证工夫之后，田野调查的作用便会更显著，这源于草原文化的“活体特征”，许多难以言说的感受和秘密都散落民间，藏在“碧绿与蔚蓝”的大化里。

内蒙古草原的历史浩若烟海、茫无际涯，《碧绿与蔚蓝——六集草原文化电视专题片插图解说词集》只是“沧海横流”、“大浪淘沙”后磨出的一颗小珠、一扇小贝，小则小矣，却浓缩进了许多游牧文化的基因和秘密。对于想了解草原、认知草原的人来说，本书亦是一本别样的“地书”，可起到“专业导读”作用。

二〇〇八年七月四日凌晨二时半，写毕于内蒙古国际大酒店七〇一房间。

小哈扎布为老哈扎布深情立传

——拉苏荣著《人民的歌唱家哈扎布》（蒙古文版）搜读记

蒙古族歌唱家拉苏荣所著传记《人民的歌唱家哈扎布》（蒙古文版），一九九三年三月由内蒙古人民出版社出版发行，责任编辑斯琴，封面设计徐敬东。该书只印了八百册，分精装和平装两种，正文前有乌兰夫题辞“人民的歌唱家哈扎布”手迹、图片二十八幅（包括历史图片二十七幅、哈扎布蒙文书法一幅）、布赫序言一篇。

全书由“童年”、“生死存亡”、“早晚”、“老雁”四部分组成，约十五万字，从一九二二年四月十五日哈扎布在内蒙古锡林郭勒盟阿巴哈纳尔左翼温都尔王旗达布希勒图苏木出生，一直写到一九九〇年九月二十七日哈扎布带领他的“蒙古长调训练班”来呼和浩特做毕业汇报演出，时间跨度达六十八年，是拉苏荣传记代表作“蒙古族歌唱家三部曲”之首。他的另两部传记分别是《宝音德力格尔传》、《我的老师昭那斯图》，也都是蒙古文版。

拉苏荣是哈扎布的弟子，也是新一代蒙古长调歌手的代表人物，曾被乌兰夫亲切地称为“小哈扎布”。拉苏荣很早就想梳理哈扎布曲折的人生经历，总结哈扎布丰富的演唱经验，为老师写下一部内容充实的传记。为了写好这部书，拉苏荣于一九八四年进入内蒙古大学文学研究班进修两年，并于一九八四年至一九九二年间四次深入内蒙古锡林郭勒盟锡林浩特市跃进苏木采访哈扎布，跟老师一起在牧区生活，晨昏相处，饮茶唱歌，回忆往事，采集到许多“口述历史”资料，录满了几十盘盒式录音带。

拉苏荣特别注重民族音乐遗产的挖掘整理，属于“学者型”、“作家型”歌唱家，不但有长期实践的经验（从一九六八年至一九八八年，他在内蒙古直属乌兰牧骑工作了整整二十年），还颇富思想，在学术研究上也很有深度。在他北京居所的书房里，堆满了书籍、磁带、碟片、图片、手稿，多是珍贵的民族音乐资料和文献。除创作传记外，他还撰写了多篇探讨蒙古族长调艺术的专题论文。二〇〇三年，拉苏荣加入了中国作家协会。

《人民的歌唱家哈扎布》（蒙古文版）是关于蒙古族长调歌王哈扎布的一部有特色的传记，虽只写了哈扎布前六十八年的人生经历，后十五年阙如，但基本将其人生精华、心底情思浓缩囊括殆尽，为“哈扎布研究”做出了开创性贡献。略嫌遗憾的是，拉苏荣的语言偏抒情，注重讲故事，全书风格类似“传记小说”，可读性虽得以强化，但情节、细节里加入的一些臆想、推测成分却削弱了这部传记的文献性与写实性。

因《人民的歌唱家哈扎布》（蒙古文版）出版较早，装帧质量比较粗劣，不但铁丝装订，书前所附二十八幅图片用的也是普通纸而非铜版纸，导致图片模糊不清。这种事情与出版年代有关，更与出版社编辑的业务水平有关。美编徐敬东设计的封面倒是相当亮眼，深土色的底色衬托着哈扎布的“走马”形象，歌王穿着一件深蓝色蒙古袍端骑马背，双手抖缰，目光深邃而悠远。

我曾在北京先后三次采访拉苏荣，都是在他家里。他的性情如他的歌声一样爽朗豪迈，对家乡媒体来访也一向热情，总是端出奶茶、奶酪、风干肉或咖啡来款待记者，有时还会请记者到他家附近的饭店去饕餮一顿蒙餐。拉苏荣好客且擅说，只要有客人在，他总能高谈阔论、妙语迭出，譬如“蒙古长调源于寂寞与空旷，最早是牧人在独自放牧时下意识地唱给牛羊、青草、河流和天空听的，属于见景生情”、“蒙古长调不受小节和休止符限制，随心而动，马蹄的快慢就是小节，马蹄的停顿就是休止符”（这是他经常提起和弘扬的“长调美学”）。有一次采访结束，拉苏荣找出一本《我的老师昭那斯图》，认真用流利的汉文签上名送我。其实我很想获赠一本《人民的歌唱家哈扎布》（蒙古文版）精装本，可惜他斋中也只留存一本，无法送我。

回到呼和浩特后，便开始搜索《人民的歌唱家哈扎布》（蒙古文版）。我给在文化商城里开旧书店的书商朋友王春光打电话，让他帮着寻找，王老板说只能试试看，没把握，因这本书出版得早，印数又少，挺偏。约过了半月，王老板忽然打电话来说已从私人手中幸运搜到了该书简装本，品相完好，通知我去书店取。拿到书后，我仔细翻阅，发现在书的扉页有蒙古文的题词和签名，便请内蒙古大学的蒙古族研究生白莉莉代为翻译，她看后惊讶地告诉我说，这书是哈扎布的亲笔签名本！题词内容翻译过来是："赠托乐玛同志留念，哈扎布，一九九六年九月二十九日。"

查阅泉斋所存图片资料可知，哈扎布曾从锡林郭勒盟来呼和浩特参加庆祝内蒙古歌舞团建团五十周年纪念活动，集体合影时间是一九九六年九月二十八日。而《人民的歌唱家哈扎布》（蒙古文版）扉页题签时间正是庆典第二天，即一九九六年九月二十九日，估计哈扎布还未返回锡林郭勒草原，正在呼和浩特会晤一些老友，免不了聚会、聊天、喝酒、怀旧，还有赠书，当然就包括"赠托乐玛同志留念"这一本。至于这签名本如何从托乐玛手中流到外人手里，又如何辗转贩到王春光手里，实在无法推测。

我正式研究哈扎布之初的搜书行动，冥冥之中已显露出与哈扎布的特殊缘分。这本留有哈扎布手泽的《人民的歌唱家哈扎布》（蒙古文版）简装本，在别人那里或可随意抛掷，于我则完全是求之不得、珍若拱璧。书与人是互动共生的，彼此命运复杂交织。一本书有时终究会传递到真正需要它、热爱它的人手里，这是偶然巧合也是因缘宿命，因为人的传奇会连带出书的传奇。

二〇〇八年八月十日，写毕于内蒙古国际大酒店七〇一房间。

情怀依旧，风兮归来

——张叹凤著《课堂下的讲述》序言

以我与张叹凤兄二十多年的交谊和我手中掌握的没有发表过的鲜活材料，如要认真为他的书写一篇序言，恐怕至少也得几千字。但也正因为与张叹凤兄太熟悉了，心中的仰慕沉积过久，到了需要写他时，反倒思绪纷然、着笔困难，再加上长度所限（“纸阅读文库”主编黄妙轩兄只给了我两页篇幅）、时间所窘（赶来赶去，我竟只有一个夜晚来急就这个早该完成的“作业”），所以我只能暂写一篇短文，交代一下原委，聊为前缀。

张叹凤兄的这一册《课堂下的讲述》，初编于二〇〇五年二月，是在接近十年的时间里写下的零散文章的结集。我知道他已很久没有出散文随笔集了，便主动要求他把稿子发给我，由我代为斡旋出版。我“主动”的原因，第一当然是义务（张叹凤兄于我，是亦师亦友，我理当效力），第二就是偏爱（我对张叹凤散文的心喜始于大学一年级）。于是稿子就传到了我手里，开始了它不短的漂泊历程。

这部书稿，最早名《叹凤楼娱情散文》。二〇〇五年五月，我到成都访书，张叹凤兄请我和龚明德兄吃饭、茶聊、濯足、郊游，又一起把《叹凤楼娱情散文》商改为《书门扫雪》（“扫雪迎客”原是最高礼节，张叹凤兄曾取笔名“西门扫雪”，易其一字，题为书名）。不久，我和龚明德兄就把《书门扫雪》编定校毕，交到北京一家很著名的出版社排队，等待出版。这一“排”就是近三年，付梓似乎变得遥遥无期……

话说转眼到了二〇〇八年三月，伴随着北国早春的来临，我与黄妙轩兄、象丑牛兄主持的内蒙古教育出版社版“纸阅读文库”也悄然启动（我们组成了一个策划班子，叫“草原三套车组合”）。到了四月上旬，我飞赴成都组稿，敲定了流沙河、龚明德两先生的书稿，另外就是重整这部难产的《书门扫雪》。在成都郊外的清夜竹影里，我、张叹凤兄、龚明德兄三位好友促膝长谈，反复斟酌，又把《书门扫雪》改成了《课堂下的讲述》（我们当时的会晤极其愉快，无法知道脚下的巴蜀大地深处正有惊雷酝酿，一个月后的五月十二日，汶川大地震轰然发生，而张叹凤兄的出生地正是四川省阿坝州汶川县）。

现在的《课堂下的讲述》，已是在《书门扫雪》基础上重编重校的增补本，张叹凤兄新写了后记，并特地补入了一篇实录汶川大地震经历的文章《震痛略记》，作为他对汶川故园的深切怀念。

在我和龚明德兄的心目中，张叹凤兄是不世出的才子教授、绝代的散文家，他特有的文化贵族气、极强的读书敏悟力和散淡超拔的人生态度，我们环目四顾，罕有人及。可是不知什么事击伤了他敏感的心，在很漫长的一段时间里，他远离了朋友（主要是文人朋友）、远离了散文，沉耽于商务，戏写了很多虚构幻情的小说和剧本……张叹凤兄的才华自然是多方面的，但我们认为他最杰出的才华仍然是散文，其他体裁的写作无法超越，因此惋惜也就久积心间。

在二〇〇五年四月二十二日致我的一封信中，张叹凤兄曾这样反省自己：

> 你的信引发了我的感慨。说实话，足有十年光阴被我浪掷了，我没有理由得到像你这样的朋友的珍爱呵护。十年中，我炒过股，做过图书生意，为别人当过枪手，总之是汲汲于途，如孔子形容“惶惶若丧家之犬”。今蓦然惊醒，还看世界，颇多可笑。自己究竟是黄粱一梦，仍当穷书生本色。好在柯烂人还在，心情重归平静，丢冷了的古书，纷至沓来，今后我会有一些古色古香、为少数朋友喜阅的随笔。

于今《课堂下的讲述》一卷在手，我捧读清样，畅快何如。这本印制精美的小书，代表着一个最本真的张叹凤的“凤兮归来”！几十篇“春醪”、“泪笑”、“春风杨柳”般的小品文一一抖落，正是“西岭雪山是吾家，芙蓉城中鼓竽笳”。书的内容，正如其名所示，没有讲义，没有时文，没有论争，没有学术，因此力避了学究气，尽得自在温润之趣。

《课堂下的讲述》让我们明白，十多年风云变幻一眨眼过去，张叹凤兄情怀依旧，书生本色没有变，仍像当年一样单纯明净，兴许这就是“读书人的快乐与春华”。

张叹凤兄是写意的人，一生追求自由，保持性灵，不问闻达，惧怕名利圈，所以抱定在四川大学退老，满足于堂上堂下的讲述。课外将旧稿改改，一人向隅，如对古人。有闲情时，他还常到成都画院露天茶座的大榕树下，独自读上一上午或一下午的唐诗。他曾对我说：

> 我特喜山西、内蒙古、陕西交界处，信天游歌声高亢，惜乎我们都没有二世，否则娶一河西女子，生活于黄土之壤，简单懵懂，不亦快哉。

张叹凤兄刚过了五十岁，并没有老，但其老年情怀似乎已提前消受了。他晚境的希望是“买一草庐，置一山地，耕耘乡下，朝出夕归，体验古之田园生活”，这也是我一贯的梦寐向往。只愿到那时，我们老友们到他的桃源偃息小居，或干脆留下来结庐作芳邻。

二〇〇八年十一月八日夜至九日晨，重温旧函，乘兴写就。

书香圣地——成都市玉林北街三十四号

——龚明德著《有些事，要弄清楚》序言

书斋，喧嚣世界中的安静角落

书斋对于学人作家，尤显要紧。因在喧嚣世界中，只有这一安静角落，是其灵魂的家、思想的虚室、情致的“瓦尔登湖”，是其固守的城堡、耕种的土地、负曝的后园，是其疏离伤害、对抗粗暴、探究真理、独享自由的私密地方。

书斋之种种称谓名号，如“秋水轩”、“小仓山房”、“随园”，如“三松堂”、“芸斋”、“听雨楼”……均题制成字幅匾额，悬诸壁间，既是书斋招牌，更彰显主人品性节操。

这些斋名一般嵌托山水风物字词，意蕴出尘，多属诸葛亮之“非澹泊无以明志，非宁静无以致远”类。如果斋名题字兼是名家法书，就更具风雅与谈资。

书斋里一排一排的书架，架上纷然杂陈的书册，是斋主日常最重要的眼中风景与内心慰藉，读之便可振作精神、滋养心智，使行为不再虚弱和迟疑；斋主对它们怀着永恒的爱恋和敬重，会把阅读填充到生命里的每一天……

六场绝缘斋使成都市玉林北街三十四号变得神奇端庄

隐居在成都市玉林北街三十四号的龚明德兄，其生命里最大的嗜好就是书。他爱书的程度与级别，绝不在我们所熟知的郑振铎、唐弢、叶灵凤、姜德明、杜渐、乔治·吉辛、乌尔夫·D.冯·卢修斯、爱德华·钮顿、理查德·德·伯利一类中外超级爱书家之下，某些地方甚至“有过之”。

玉林北街三十四号是四川文艺出版社的职工宿舍，龚明德兄就住在这幢带庭院、有绿荫的住宅楼中间某个单元的顶层，其书房“六场绝缘斋”即“安营扎寨”于斯。六场绝缘斋四壁壁橱满盈，聚藏着两三万册从僻肆冷摊精挑细选来的好书（特别是珍贵的民国版本老报刊和旧平装书）。本是普通的一条小街、一幢住宅楼、一户居室，只因暗含了六场绝缘斋，一切就都变得神奇端庄起来——这里已成为众多优美读书人熟知和向往的书香圣地，是古蜀成都万千繁华里一处知名度辐射全国乃至海外的书香地标。

衣着简朴甚至有些破旧的龚明德兄，常常拎着一袋或一捆从旧书市场上“千淘万漉”而来的老旧书报，一脸满足、发财的神情，兴冲冲地从闹市赶回玉林北街三十四号。而每次路过小区大门口收发室时，他总是习惯性地进去查收邮件——这是他劳作之外的一个绝大乐趣，也是与外界保持联络的主要方式，因为几乎每天都有若干信函、赠书、样报、杂志、稿酬单，标着同一个邮寄地址，从天南海北、四面八方汇拢到这间小小的、陈设简陋的门房的桌子上，等着龚明德兄来领取……

一个外乡人和一座城市

成都以其无比丰赡的旧书资源养育了来自湖北的大读书家龚明德，而大读书家龚明德也以自己过人的虔诚和辛劳回报了他定居的成都——这就是一个外乡人和一座城市的互动关系。

何其芳写过一首诗《成都，让我把你摇醒》、慕容雪村写过一部小说《成都，今夜请将我遗忘》，如果龚明德兄要写一本书叙说过往二十五年的淘书经历，那书名似可叫《成都，你的书香把我迷醉》。

“弟旁观之，龚君是做到了”的评语大致不差

龚明德兄的书房，之所以取名“六场绝缘斋”，实因书缘太深，索性想拒绝了日常生活中深具诱惑的荣华与享受，与现实保持相当距离，“不辞冰雪为书热”。

流沙河先生在一九九五年三月二十二日致台湾诗人余光中的一封信中，有一段论及龚明德及其书斋的话，很有意味：

> 今有友人龚明德，供职四川文艺出版社，想请你选一本《余光中论说集》。弟在此将龚君介绍给兄，愿兄考量龚君之请。其具体之要求由他在信中自陈了。

龚君年轻于我辈，为人谨慤，奈何命亦数奇，所幸者好读书，能知白守黑耳。龚君自号“六场绝缘斋主”。六场者何？官商情赛赌舞是也。弟旁观之，龚君是做到了。

我以为，“弟旁观之，龚君是做到了”的评语大致不差。即便是“龚君”不能完全做到，只绝了三场四场，也无可厚非。我们不能按呆板思维去生硬理解这个斋名，这仅是一种对个人修为的警示与自律，正所谓“虽不能至，心向往之”。

以我尚显肤浅的人生经验来判断，要彻底做到“六场绝缘”其实非常之难，何况吸摄精力、消泯理想的花花场子何止六个！恐十几个，几十个不止。摒除丝竹、安心读书当然是正道，但另有一句“大隐于市”亦可作别解旁注——完全脱离世俗，钻入故纸，未必有助于书斋读写，而久历江湖、饱尝沧桑之后，再返书林，则对书内书外的体悟会更透彻。

关于“六场绝缘斋”斋名，龚明德兄有自己的解释：“六场”，狭义是指六个场子，广义是指所有与书无关的场所；这个“六”就是六根清净、六亲不认的“六”，意在泛指，不可坐实。

“做工”着是美丽的

龚明德兄从一九七八年开始在大学执教，一九八三年至二〇〇七年转行到出版社“打工”二十五年，随后又“逃离出版界”，重返高校谋生于“人之患”。他教书，编书，再教书，始终离不开一个“书”字。

上班仅仅是他谋生的手段，业余的读书、研究才是他的根本追求。

他的手和笔，常耽于作校对、作勘订、作批注、作考证、作序跋、作书话、作书信……近一两年又增加了用电脑作博文。

他喜用“做工”一词，在致我的书信中曾多次提到。一九九六年十一月出版的《新文学散札》，封底附的也是“龚明德新文学做工年表”。在他的意识里，文学写作与研究仅是寻常劳动形式中的一种，与工人炼钢打铁、农民耕种收割、牧人放马赶羊无异。记得萧乾和文洁若夫妇也有类似说法，把书房翻译工作比喻成“在车间里干活”。这真是从大地泥土里生长出来的思想，它既表明了烹文煮字生涯的艰苦，也昭示出勤恳劳动是人类高贵的姿势。

龚明德兄有一双巧手，除了编书著文，还特别擅长修补破损、老旧的书报刊，且“修旧如旧”，达到了专精的“手工装帧”境界。在实际操作中，他还自主创新，开发了不少行之有效、充满机智的修书方法，譬如用牛皮纸为脆弱的旧书包裹上合体的封套，小心拆除生锈铁丝钉而恢复灵活使用、保留原貌的活页文本……

坚持采用“手写活体书信”这种传统联系方式

在“言而无信”的时代，龚明德兄坚持采用手写活体书信这种传统联系方式，来保持与朋友们的沟通，依然疏离电话、手机短信和电子邮件。

龚明德兄的书信，字迹俊逸，秉笔白描，富含书讯、文坛逸事及出版界内参，常有针砭时弊、狙击病灶、刀过脓出的“高级牢骚”，读来往往痛快淋漓、发人深省。全国各地并海外珍存着龚氏书信的文朋书友，恐在四五百位以上。这些书信非常珍贵，都是第一手的“龚氏原创手札”，随手一摘便是金石文章（山东作家徐明祥君就曾参考和摘引龚氏书信写过一篇较长的研究性随笔）。

试举一例。一九九六年，他筹备出版《新文学散札》遭遇瓶颈，无奈向各地友人募捐一些散碎银两救急，孰料回应者寥寥。后来，在寄我的《新文学散札》一书所夹带的信中，他写道：

> 阿泉兄：
>
> 柒佰大洋之助，是起了极重要的作用——我的十几位作者收我信后连信也不回，可能都以为我在索贿，因为多年前为他们出书均有几千甚至上万稿费。
>
> 明德，一九九七年一月二十五日。

这几句白描而苍凉的话，可略见龚明德兄内心对人情冷暖的体悟。

再试举一例。一九九八年三月十六日下午，龚明德兄给山东诗人袁滨写过一封信，大概是忽生慨叹，竟写得很长，且多有“激愤之词”，是龚氏书信中的珍品。现撮要选摘如下：

……我极少去单位，那儿是个容易产生烦恼（甚至产生罪恶）之处，常坐在那里“办公”的“人”多属闲杂类，见了就令我生厌。尤其是被“上级领导”看中了提拔并手中有点儿小权的东西们，更令我厌恶。不得已去听会，我或自始至终闭着双眼，或将英文名著原文复印一两页，一个单词一个单词地认并默诵。“六场绝缘”云云，骗人骗己，其实哪里做得到！“树欲静而风不止”。

最近，我读到安徽省利辛县一位从不发表诗的巩静耕的诗集《最不受欢迎的文体集》，我也惊讶——中国还有人敢写一部这样尖锐的诗集。这诗集里有一首《颍水·许由》：“我们不知它已经流淌了多少年，也不知它是否还记得许由，这位隐士的祖师爷？当他听了尧想请他做官的话，不但不感激万分，反而跑到这里洗耳朵。多少次我走过河边，都会想起这个奇怪的人，而颍水却早已被污染得不能再洗耳矣！”

……我特爱这类朴实的东西。我虽然采取了“隐居”的生活方式，其实我极关注现实。如果知识分子不开口，这个中国会更加乌七八糟。无论是祸是福，我们这些不想占政权便宜的知识者、文化人都应该说话。巩静耕诗集里有一组写农村黑暗的今天，是长诗，我读了多遍，仍觉还可再读……《最不受欢迎的文体集》是自费印书，书价六点八元，我打算买几十本送给有骨气的友人们，让这些不安的好人得一点儿安慰。

真如巩静耕所言，我们很难再找到干净的“颍水”了……只有自己，还有朋友，大家努力营造一点点干净的书香氛围，否则，实在没法活下去。七八年前，我在上海《文汇报》的“笔会”上还有兴趣写几千字的长文《说真话，认真地活下去》，现在我是不想说话了。这封信写得这么多，多亏你的来信触及了我。

这是私人间的书信，拿出来发表未必都合时宜，观点更未必“正确”，但不可否认的是，这样不伪装、不道学、不做作的话，是多么诚实、耐品，也多么有用处。而我们曾经看过多少“观点永远正确”的话，其实不过是“正确的废话”、“无意识的空言”。

尽管我不太赞同在文章中过多地抨击现实（我不喜欢“牢骚太盛”，喜欢“放眼量”），但我深刻知晓“公知”讲真话对社会道德建设所具有的巨大意义。

记得德国哲学家费希特在《论学者的使命》一文中说过：

> ……你们都是最优秀的知识分子。如果最优秀的知识分子丧失了自己的力量，那又用什么去感召呢？如果出类拔萃的人都腐化了，那还到哪里去寻找道德和良知呢？

巴金晚年最重要的思想贡献之一，就是希望大家“说真话”。龚明德兄作为巴金及其研究著作的责任编辑，曾多次直接为巴金服务，也深受巴金“说真话”观念的影响。

正像龚明德兄自己所言：“我虽然采取了‘隐居’的生活方式，其实我极关注现实。”只有“爱之深”才能“痛之切”——我想，敢说真话（尽管有时某些观点会显得偏激）的龚明德兄，理应属于“最优秀的知识分子”、“出类拔萃的人”之列，他对国家民族、桑梓乡土的感情和责任，不知要比那些热衷于鼓掌唱歌、假话欺世、内里贪腐的人强过多少倍。

往返在成都与呼和浩特之间的南北呼应

时光从来是奔腾而下，转眼我与龚明德兄订交已近十八个年头了。

早在一九九一年十二月，经张叹凤兄推荐，我始为成都《读书人报》之“书爱家”专版写稿，因而与担任该版责编的龚明德兄相识。从此，共同的“书之爱”让我们尺素频传，“渔歌互答”，彼此间的通信成了点缀平庸生活的一大暖色。经年下来，箧中所积龚明德兄信札不下百馀通，而从“六场绝缘斋”辗转投送到“泉斋”的各类好书也总不下百馀本。俗语惯云“秀才人情纸半张”，而有时这“半张纸”也会很重，并不逊于商海交易中的承诺、合同或契约。

记得是一九九七年三月二日，一个星期天的午后，我在故里赤峰忽然接到龚明德兄从成都打来的电话（这是我们第一次通话），两个没见过面的老友热闹地海聊了一个多小时。他说自己走过天南地北很多地方，只尚未到过内蒙古草原；他说自己旅行要有两个条件，即所去地方，一要有好友，二要有旧书。我听后朗笑，不禁想及古训“读万卷书，行万里路”，想及《菜根谭》箴言“一生奇遇，无如好书良友”。

一九九八年三月，离川十年之后，我终于重返成都，既为寻找青春的遗踪，也为初见久慕的良朋。“六场绝缘斋”里空间曲折，旧书气息弥漫，灯光昏黄；我和龚明德兄围着木桌，坐着竹椅，手捧一杯浸泡过的老酒，通宵达旦、没有倦意地说话，而窗外是绵绵不尽、久违了十年的巴山夜雨……

这一次历史性会晤和故地重游，似乎全面复苏了大学时代的记忆，于是我每隔一段时间就回一趟成都，或住旅馆单间，或寓居六场绝缘斋，与龚明德兄快活地访友、淘书、校稿、寻吃、品茶、体察风物，其间的乐趣难以言说。

二〇〇二年七月，我告别赤峰，调入内蒙古自治区首府呼和浩特工作。二〇〇三年三月，我在龚明德兄支持下创办了一份民间读书报纸《清泉》。二〇〇三年八月二十一日傍晚，龚明德兄在未打招呼的情况下突然抵达下着大雨的呼和浩特，让我和内蒙古泽则书友会姚志锐等一班友人大为惊喜。在内蒙古逗留期间，最难忘的事情是我们曾夜宿包头市土默特右旗的明代古庙美岱召，那个夜晚，我们裹着被子卧躺在古庙的两棵有着四百多年树龄的巨松下，看乡村满天的繁星，听农家远近的狗吠，进行了一次“天人合一”的地铺畅谈……

从此，往返在成都与呼和浩特之间的南北呼应就日渐频繁，或我飞成都，或龚明德兄飞呼和浩特——我们一起淘旧书，一起寻山水，一起操办第四届全国民间读书年会，一起运作恢复《清泉》之升级版《清泉部落》，一起探究版本学问，一起开读书主题讲座，一起策划内教版“纸阅读文库”……

十八年的交谊，可谓有缘结识、志同道合、互相砥砺、历久弥珍。

六场绝缘斋是一处“心灵科研”基地

我和龚明德兄闲聊时，经常对很多概念模糊的问题进行切磋，最后达到“山高月小，水落石出”的清晰——我们把这种有建设性的探讨，称之为“心灵科研”。

与龚明德兄交往这么多年，感受最深的是他在饱读万卷故纸、历尽人间冷暖之后所孕育生长出来的生态人文智慧，这些“反浮躁时代潮流”和“保持农耕文明风习”的心灵科研成果，是他根据切身体验、文化自省提炼而成，不唯对他自己，对所有希望提高生活质量、创造生命价值的读书人，都具有普遍的启蒙与警醒价值。

打一个比喻：来内蒙古旅行的客人，如果走马观花地游览，只能购买到礼品商店里崭新的、成批制造的“伪民俗工艺品”；只有深入草原，直接接触牧民的日常生活，才有可能采集到最原汁原味、带着真实使用痕迹的“真草根老物件”。而龚明德兄的思想精华，正与“真草根老物件”相仿佛。

近二十年来，国内外研究、评论、侧记、报道中国书界奇人龚明德的文字（包括相关段落）已经出现了很多，这些文字都或深或浅、或全面或片面地记载、传达了龚明德兄一再鼓呼的人文观念，涉及“藏书”、“读书”、“写作”、“做学问”乃至“价值取向”，我仔细筛选，归纳出十条，分列如下：

第一，首先使用“书爱家”一词。这个新名词与“藏书家”、“爱书家”有微妙区别，把“爱而藏”、“淘而乐”、“藏而用”、“用而获”、“读忘忧”、“人书合”等各种意思完美融汇在一起。

第二，主张区分“职业与事业不同”、“上班与下班不同”。龚明德兄认为，职业大多都不是事业，因此每个人都应学会在职业之外发展自己的根本兴趣。即使你是总统，那也是职业，下了班才是真正的自己。龚明德兄常说：“衡量一个人是否有档次，不看他上班做什么，要看他下班做什么。”

第三，主张“读活书”、“养成活体思维”、“写活体文章”、“进行活体研究”，总之要抓住一个“活”字。不能把书往死里读、把文章往死里写、把学问往死里做，欢迎“手写体”（活体），远离“印刷体”（死体）。

第四，坚持用朴素语言表达高贵思想。行文走白描一路，远离浮夸、花哨、卖弄。

第五，践行“写实”、“实录”、“原样采集”的写作方法，杜绝虚构。龚明德兄和我都认为，写作不需要虚构，生活本身过于丰富、博大、神秘、诡谲，是探索不尽的多元素材库，超越任何天才的假想；如果能把生活不失真、不走形地原样撷取下来，便足以逼近伟大；没有什么作品可以“高于生活”，“高于生活”也便趋于虚假。

第六，守住质朴，耐得孤寂。这是为了保持住内心的“气场”和“微环境”，不逢迎，不滥写，以防破坏了自己好不容易养育成功的“文化风水”，导致“弄俗了人”、“写油了手”。

第七，倡导“原典纸阅读”。“原典纸阅读”即“逐字逐句逐标点地细读原典”，“如果是古籍，最好是阅读繁体字印本”，不提倡流行的“电视讲座”、“快读”、“略读”、“白话翻译”、“一月通”、“半月通”一类“浅阅读”、“快餐阅读”、“功利阅读”方式。

第八，建议每一位从事文化做工的人都应拥有“私家藏书”。书非藏不能读也，对于搞学术研究的人来说尤其如此；藏书要有“方向性”、“主题性”、“专业性”，特别是要多搜集那些经过漫长时间考验的正版旧书；学会“用旧书做学问”、“用旧书弄清楚一些被歪曲的历史”。

第九，建议日常生活布衣粗食，务求极简。以“够穿够吃就可以了”的物质需求为最高标准（这与日本某禅师所说的“袋中有米，灶下有柴，还缺什么？”异曲同工），有了馀钱就买书或自烧简单而富含营养的饭菜宴请志尚高洁的朋友，尽量减少对味精、香精、电冰箱、空调、电视、洗衣机、汽车一类现代化产品的依赖性使用，尽量少打出租车，多步行、骑单车或乘公共汽车。

第十，不断提纯精神世界，超越平俗，达于深广。淡薄当官发财欲念，培植耕读为本情怀，安安静静地坐下来，与“全是古老的至少是老旧了几十年的纯木家具”、“十几架甚至更多的值得反复阅读的古旧纸质书报刊”为伴；永远不羡慕非法致富致贵的人，但对合法致富致贵的人肃然起敬；永远怀有农耕文明时代的人间情味，努力把优秀文化基因“润物细无声”地传承给下一代。

龚氏研究著述的四个特点和最具创建的学术贡献

到目前为止，龚明德兄所出版的著作，从第一本《〈太阳照在桑乾河上〉修改笺评》，到三四年前的一本《书生清趣》，乃至现在的这本《有些事，要弄清楚》，都明显体现出下述四个特点：

第一，善于搜集和使用旧书，能从故纸堆中寻找到依然鲜活的史料和灵感。

第二，不做大理论，专注小考证，以小见大，解决具体的、容易被人忽略的细微问题，从而校正和勘订出许多现当代文学史上弄错了的、“以讹传讹”很久了的史实。

第三，勇于怀疑和挑战权威，其率先尝试的“对中国现当代文学名著进行汇校”和“挑刺《新华字典》”便是可圈可点的范例（其中对《围城》的“汇校”还惹起过闻名全国的文坛官司）。

第四，表述文字质朴多趣，没有呆板学究腔，完全用活体随笔来吐纳枯燥学术考证，达到了理论与文采兼美。

查第五版《现代汉语词典》第六百八十九页可知，“校勘”是动词，指用同一部书的不同版本和有关资料加以比较，考订文字的异同，目的在于确定原文的真相。而龚明德兄最具创建的学术贡献，正是中国现当代文学作品版本汇校、点检和勘订这项“费力不讨好”的做工，被人形容为“照亮隐秘的暗角”、“挖人家的祖坟”。在“汇校”、“点检”和“勘订”上，他花过大力气。

龚明德兄曾在《明德读书堂叙往》一文中，高调阐述了他的“校勘宣言”：

> 凡是被人为弄得与原貌有违的史实，一旦被我发现，我就要纠正。不管当事者是谁，我也不会看任何个人或团体的脸色。反正，我力所能及可以弄清楚的，都要“弄清楚”。

他还在二〇〇八年四月九日赠我的一本毛边本《徐志摩诗文》扉页写下这样的话：

> 这本十七万字的《徐志摩诗文》是我花费三四

个月时间苦干出来的成果。弄完这书，方知五四后三十年间的中国现代文学名篇名著的勘订工程截至现在还是一片荒芜……已经出版的几乎所有的全集、文集和选本、单行本都或多或少地疏于勘订！这个工作很苦也很费时，但为了子孙后代，我们要启始这一艰辛工程！

在回答湖南《文学界》杂志编辑问时，龚明德兄也决绝地表示：

我完全顾不上别人说什么，反正我就这么一个题目一个题目地尽我所能地写下去。我的文字中，我只看重中国新文学研究方面的。我把学术问题的释说尽量写得通俗、生动，但我的文字的主攻方向仍是严肃、严谨，而且我绝不蹈空议论，绝不故弄玄虚，也绝不人云亦云。

龚明德兄即将出版的勘订专著《谁动了我们的名著——中国现当代文学版本研究》，也是在该领域拓荒的最新成果。

从六场绝缘斋到明德读书堂

二〇〇〇年秋天，龚明德兄曾陪流沙河先生做江南游，途中多有畅谈兴会。回蓉后，流沙河先生乘兴为“龚君”写下一幅大联：“知耻为大勇，明德著高文。”法书旁侧还题下了很有意思的小注，现试加标点，悉录以赏：

> 公元二千年秋，钱塘观潮之后返蜀车中，与明德放肆幻想将来他发财了，办一家图书馆，惠我学人，天天开放，免费供应茶水面包，取名为“明德读书堂”，堂上大厅悬挂此联。
>
> 流沙河，回家后倏忽秋分过了，翌日展纸书其始末。

我在六场绝缘斋见过这幅墨宝，写得相当饱满酣畅。可惜龚明德兄不搞经济、不做生意，也无缘获什么大奖，又淘书成癖，估计“发财”之亨运渺茫。龚明德兄于是以“明德读书堂”之名开了博客，借助网络优势，与天下读书人真诚互动、共沐书香，虽不能“免费供应茶水面包”，但也是天天无偿播撒知识、启迪智慧。

还是在《明德读书堂叙往》文中，龚明德兄特别写道：

> 我决定在不废除“六场绝缘斋”的原斋名的同时，正式启用“明德读书堂”。像流沙河老师说的：“六场绝缘斋”有消极表述之嫌，“明德读书堂”才是正面的积极的表述。

可以说，已经成为中国著名读书博客的明德读书堂，是网络版的六场绝缘斋，是六场绝缘斋的延伸。从“绝缘”到“明德”，体现出龚明德兄人生境界的渐变与精进。

话说六场绝缘斋藏有一本章衣萍著的民国版旧书《马援》，其品相醉人眼目。在这本小书第二十七页至二十八页之间，章衣萍这样说：

读书人的一生，只求足食足衣，有一乘短毂的车，一匹马，做一个君吏，使乡里的人都说好，那就不错了。至于要弄多少钱，不过是自己找苦吃罢了。

这段话虽说得未必怎样高妙，但与龚明德兄的意趣颇似，可见无论在什么朝代，真正的读书人心灵都是相通的。

我在前面谈的是六场绝缘斋，其实谈的分明也是复杂多变、既腐朽又神奇的世俗生活。如果有谁认为“书斋生涯”是单调的、逼仄的，甚至是脱离实际的，那就大错特错了。在本质上，“书斋生涯”是更宽广、更高级、也更与现实贴近的一种生活方式。

二〇〇九年一月十一日至十八日，断续初写于内蒙古国际大酒店；一月十九日至二十一日，改定于内蒙古鄂尔多斯市东胜区宇洋大酒店。此为新年度里所撰第一篇文章，虽作为序言已经显得有些过长，但还是觉得挂一漏万、意犹未尽，也只好就此打住。

吴绍同素描

——吴绍同著《我的摄鹤生涯》代序

三个“故乡”，从顺德到上海再到台湾

吴绍同的“第一故乡”在广东省顺德县，他一九二五年出生在该县桂洲乡。

幼年时，吴绍同随父母移居上海，并在这里长大，上海是他的“第二故乡”。吴绍同十徐岁便对摄影产生了天然的痴迷，据说他小时候为了玩一下别人的相机，还曾被骗走过一件新做的棉袄。一九三七年，他得到了一台胶壳勃郎尼相机，正式开始接触摄影。一九四〇年以后，他熟悉了暗房技术，已经能够自行冲洗放大黑白照片，并有机会跟随著名摄影家康祖艺学习，还到上海新华电影制片厂任练习生。一九四六年，他从上海中国

新闻专科学校毕业后，到天主教会创办的《益世报》做摄影记者。当时正值抗战即将胜利，据说有一次吴绍同到吴淞口为报社拍日军行动，结果被日本宪兵抓去，遭到一顿毒打。

一九四七年，吴绍同应邀赴台湾工作，先后任职于台湾陆军训练司令部新闻处和台湾“中国电影制片厂”，一直负责新闻及纪录片拍摄。一九六一年，他转到荣工处摄影组，负责重大工程纪录片的拍摄制作，持续凡三十年，直至退休。台湾是吴绍同的“第三故乡”，他在这个故乡生活的时间最长（居住得久了，他乡也便成了故乡）。作为新闻及纪录片拍摄专家，吴绍同是极其敬业和优秀的，一九六五年曾获台湾“中国摄影学会”博学会士荣衔，一九七八年和一九八三年两次捧得最佳纪录片金马奖。

把“馀热”当成“正热”来发挥

吴绍同于一九九〇年五月一日光荣退休（他自己形容，是“放了一个最长的‘五一’长假”），那一年他六十五岁。虽云“告老”，但他内心澎湃，毫无老态，哪里能闲得住，去过那种“看电视，抱孙子，等死”的残年日子？在一篇文章中，他这样描述自己退休后的心情：

……虽然亦将摄影艺术的创意，溶于工作中，但毕竟工作的范围有其局限性，无法完全体现自己创作的理念。直到届龄退休，才一下子抛掉了羁绊，海阔天空，可以让自己尽情发挥了。

于是，吴绍同把“馀热”当成“正热”来发挥，而且发挥得极佳。退休后不久，他便来大陆旅行，在黑龙江省扎龙自然保护区第一次见到丹顶鹤，立刻被它温文潇洒的气质所迷住，当即决定把鹤作为今后的主题目标来进行拍摄，从此成了“摄鹤工作者”。

关于摄鹤的志向，吴绍同的名片上明确印着：维护自然生态，爱护野生动物。在一册摄影集的前言里，他也格外强调：

……是为了与各位分享鹤的美姿丽影。很希

望藉由这些感受，启发大家对环保意识的重视，激励大家更加努力去保护地球生态环境，为我们的明日，为我们的子子孙孙，开辟出美丽幸福的康庄大道。

如此高调的语言，很多人讲出来，恐怕都仅是“漂亮的号召”、“永不落实的展望”，而吴绍同说过之后却辅以“坚韧卓绝的行动”。从一九九〇年至二〇〇六年的十七年间，吴绍同倾力投入摄鹤做工，背负着总重量超过十五公斤的摄影器材，从台北出发，远涉欧、亚、美、澳、非五大洲，探寻了十五个国家的五十四个“有鹤之乡”，把世界上所有的十五种鹤悉数在其原生地进行了拍摄。

十七年间，吴绍同的“鹤影专题个展”先后在台北、北京、南昌、上海、广州、哈尔滨、齐齐哈尔、赤峰、武汉、昭通、美国旧金山等城市巡回展出（应邀到美国旧金山加州州立博物馆展出的一次，展期达六个月，主题是“世界鹤”），陆续出版了《鹤》、《鹤的世界》、《瑞鹤》、《摄鹤十七》（书名中的“十七”代表“十七年”，兼含“时期”谐音）四册摄影集。

截止到目前，世界上把全部鹤种在原生地拍遍的摄影家，仅有三人：一个是瑞典摄影家托朗尼文，一个是德国摄影家阿布雷，一个是台湾摄影家吴绍同。

向个人体能与意志进行“极限挑战”

吴绍同以六十五岁高龄作起点，来启动这么难以实现的“世界鹤拍摄工程”，完全是向个人体能与意志进行“极限挑战”（这种挑战，即使是对二三十岁的年轻人来说，也都是极其艰巨的）。他之所以敢于大胆践行，对摄影的热爱和要做有益事业的使命感是一个原因；长期军旅生活锻炼出来的顽健体魄是一个原因（吴绍同的身体出奇的好，精神饱满，脚力惊人，绝少生病，健康状况与实际年龄至少有二十年以上的差距，对此，他本人非常自信甚至自负）；善于交朋友、依靠友情的力量完成拍摄任务还是一个原因（吴绍同的朋友遍天下，“铁哥们儿”很多，正是仰赖着鹤乡当地友人的协助和帮忙，他才会传奇般地克服困难、规避危险）。

鹤是一种很尊贵的鸟，心性高蹈，远离红尘，惯在荒漠沼泽、峻岭水泊间栖息，对人类很警觉，这都为摄鹤制造了不小的难度。

吴绍同的工作主场全在野外，几近“天涯孤旅”，其间独行荒原、餐风宿露之劳顿艰辛远非局外人可想。他经常要攀山涉水，长时间寂寞地躲在伪装帐或隐蔽体中（有时还会装扮成鹤群不敏感的包头巾农妇），等待按下快门的最佳时机。他不能让自己感冒，因为咳嗽会吓跑鹤群。而等待的结果，运气好时会取得理想的影像，运气差时则会无功而返。

吴绍同甚至租乘直升飞机，进入北极圈内荒无人迹的西伯利亚苔原，抢拍白鹤孵巢的镜头。在裘卡湖畔的白夜里，他住伪装帐篷，睡麋鹿皮垫褥，吃生鱼片，每日在沼泽湿地间扛着器材赶到目的地，途中带着严实的面具还经常遭到“巨蚊兵团”的可怕围攻（西伯利亚苔原的蚊子个头大、数量多、不怕死，且惯于集体作战，无孔不入），头部和双臂经常被叮咬出成片的大包，奇痒难耐。

漫长的摄鹤苦旅中，意外创伤时有发生。譬如在内蒙古草原，他乘坐吉普车急速奔驰时，因车身突然颠簸而伤了颈椎；在黑龙江省扎龙自然保护区，他因一次骑自行车摔倒，右手掌骨被摔伤，因延误了治疗，导致掌骨坏死，最后只能动手术，让筋、腱改道，致使右手变形，留下了永久性残疾。

吃苦、俭约的“减法风格”

吴绍同摄鹤初期，花费的都是私人积蓄，后来才得到了一些基金会的赞助。虽压力有所缓解，但他长期养成的吃苦、俭约的“减法风格”没有丝毫改变。譬如他来大陆摄鹤，能住招待所、小旅店就绝不住宾馆、酒店，能买火车硬卧票就绝不买软卧票，饮食更是胡乱填饱肚子就行（吃泡面是最经常的，藏族地区的糌粑、酥油茶、牛肉干，他也能“享用”），衣服脏了就自己动手洗而绝不找洗衣店……

在拍摄上，吴绍同也同样遵循“减法”，总是等待最好的时机，瞄准了再拍，舍不得浪费一张底片，他戏称这是“老式步枪式的打法”，与“机关枪式的打法”形成明显反差。

写得一手质朴无华的随笔，是“摄影家中的作家”

台湾的摄影业十分兴盛，专注于拍自然山水、野生动物的摄影家特别多，像柳为方拍荷花，傅崇文拍桂林，刘克襄拍台北盆地，齐柏林拍台湾高空鸟瞰，陈加盛、陈炳宏、陈永福、郭耿光、黄美娥拍野鸟，黄金树、李鸣鵰拍台湾乡土，张才拍海外景象，王古山拍高山风物，郭谦义拍天鹅，王徵吉拍黑面琵鹭……吴绍同是这一类生态摄影家中的长者，更是佼佼者。

二〇〇七年五月，台湾国际视觉艺术中心出版了一本怀旧摄影选集《风华再现》（该书封面呈纯黑色，右上书角切了一刀，形成独特的“五角书”），内收郎静山、邓南光、张才、汤思泮、杨天赐、傅崇文、李鸣鵰、周志刚、吴绍同、黄金树、黄则修、周鑫泉、颜仓吉、翁庭华、郑桑溪、吴东兴、庄明景、张照堂十八位资深摄影家所拍的“台湾老照片”，吴绍同贡献出的“风华”是几十年前所拍的数张黑白人物照，虽是早年作品，已显出不俗的才情。

吴绍同一直喜欢用莱卡相机、尼康相机（所配长焦镜头粗壮得像大炮一样）。为争取景深和速度，惯于使四百度软片。在软片的性质方面，都是使用负片。他尊崇自然本色，照片制作依照原色彩还原，不做任何部位的人工补救和改动。

吴绍同不但擅长摄影，还嗜好读书、勤于观察，总是随身携带着小本子和笔，每有心得或听到有意思的资讯，就马上记录下来。长期的积累，使他写得一手质朴无华的随笔，成为“摄影家中的作家”。他发表在台湾各地报纸上的专栏文章以及鹤类摄影集中的附注，一图一文，皆生动有趣，十分耐看。吴绍同把这些长短不一、浑然天成的拍摄手札，谦虚地比喻成“一罐草药”。

最后一张鹤影《丹顶一家》宣告摄鹤生涯到此停止

二〇〇六年，身体一向壮硕的吴绍同眼睛发生病变，视网膜出血，治疗后视力骤降至零点一度，视野范围仅二十度角，几近“半盲”。他心有不甘，再赴扎龙摄鹤，却不料在哈尔滨被小偷盗走了手提电脑和旅费，更发现自己的微弱视力已看不清细部，无法承担疾迅的摄鹤任务，于是在拍下《丹顶一家》这张鹤影后，他宣告摄鹤生涯到此停止。

二〇〇七年夏，吴绍同首次拍摄骆驼（因骆驼体庞、动作慢、有昂首阔步的神态），开始了在动物摄影上新的追求。

吴绍同对内蒙古赤峰有很深的感情，曾多次到该市克什克腾旗达里湖畔拍摄蓑羽鹤。二〇〇八年九月三十日，他倡议操办并捐献了大量摄影类藏书的“赤峰摄影图书馆”在赤峰正式成立（馆长由他的老朋友、赤峰老摄影家白显林担任）。这恐怕是国内第一家以摄影专业为主题的私立图书馆，旨在“依靠民间力量，汇聚世界范围内的华文摄影理论著作、文献、摄影集、画册、摄影期刊、照片资料档案等等，成为大家查阅、研究和交流摄影信息的公共平台”。目前，该馆已收集各种摄影类书籍、杂志五千馀册，初步目标是“馆藏万卷”。

二〇〇八年年底，他赴内蒙古七次、新疆一次，拍到了不少鲜活的驼影（他发现骆驼的眼睫毛最美，像少女擦了睫毛膏，又卷又翘）。二〇〇九年元旦，他发给世界各地友人的电子贺年卡，即是一张二〇〇八年十二月四日摄于新疆的“骆驼迎春图”，画面上他骑着一匹马，带着三峰骆驼在雪野上前行。朋友们都戏言说：吴先生不再摄鹤，改行到新疆放骆驼去了。

“大宇宙的乡愁，呼唤我们回归自然”

二〇〇九年二月五日，吴绍同给朋友们发了一封电子邮件，信中说：

> 承《中国时报》“文化新闻”版之邀请，派记者吴垠慧小姐前来作专访，文章《吴绍同扛大炮，追仙鹤十七载》已于元月三十日在《中国时报》第十二版发表。
>
> 吴小姐文笔清新、才思敏捷，使文章十分传神，尤其将我得眼疾已与摄鹤无缘时，写成“《摄鹤十七》出版，含泪终结”，深撼吾心，使我沉思无语，茫然失神久久。

《摄鹤十七》是吴绍同摄鹤的“终结篇”，集锦了他最后三年以及前十七年所摄而未曾发表的鹤影，总计六十幅。他虽“含泪告别摄鹤”，是悲壮也是释然，因为他追寻着自然深处的召唤，彻底完成了“拍遍世界鹤”的心愿，尽享了“忘我”之苦乐。

我于一九九八年夏在故乡赤峰结识了吴绍同，至今已逾十年。在我的一些随笔中，有多处文字记述我们“忘年交”之间的往还细节和情意。

在《千山寻鹤》一文中，我曾说：

> 灵魂是一个宇宙，它比身体渴望更多的空间。吴绍同的灵魂所系，就是“五湖四海随鹤飞”。

在《钟芳玲大有慧眼》一文中，我曾这样解读吴绍同：

> ……比方说，吴绍同先生花了十馀年时间，扛着沉重的摄影器材，野人一样五湖四海伴鹤飞，苦则苦矣，然并无人在后面逼迫驱遣。吴老摄鹤，往大了讲确是促进环保；往小了讲呢，谁说不是过瘾、寻开心、找乐儿？人生不能没有附着、痴迷，不能没有浑然忘我，所谓“人无癖不可与交”，成绩也

往往出在“忘我”上面。

是的，“人生不能没有附着、痴迷，不能没有浑然忘我”，这就是今年八十四岁的吴绍同给我的至深感触。

翻查我给吴绍同建立的图文库，发现他曾在一九九八年五月二十三日用粗笔题赠给内蒙古赤峰摄影家孙国辉一张字条：“大宇宙的乡愁，呼唤我们回归自然。”我想，这句话，恰是对吴绍同十七年云水万千的摄鹤生涯之最精当脚注。

二〇〇九年三月一日上午至二日傍晚，以二〇〇二年十二月一日所写《千山寻鹤》为蓝本，断续补充扩写于即将搬离的内蒙古国际大酒店七〇一房间，时室内书去壁空，窗外春雪纷然。记得短文《千山寻鹤》是应《解放日报》查志华编辑稿约而写，先草拟于片纸，后请好友卜君以清秀字迹誊抄一过，分别传真给上海和台北。当时呼和浩特寒冷清凛，是我调来首府后度过的第一个冬天。转眼近七年过去，不禁感叹时光之匆草易逝。

短语寥寥胜过大论喧喧

——巴特尔著《随心所语》序二

在作家巴特尔著短语集《随想录》（内蒙古大学出版社二〇〇八年八月版）出版时，我曾写过一篇序二《随想体文字的生动之处，一在于“随”，一在于“想”》。现值生活·读书·新知三联书店版巴特尔随想录精选集《随心所语》集萃付梓之际，我再次应邀缀文于“序二”位置，《随想录》序二中没有说尽的一些感受，正好再拾掇整理一番，命上小标题，衍成一篇散论。

从“生活现象的海里”网住“思想的小鱼”

作家巴特尔的随想文字，已经坚持写作多年，逐渐形成了一种简洁扼要、诗理相融、直击事物内核的典型美学特征。

譬如：

> 拥有很多时间的人自在，不需要很多钱的人自由。

多么简洁扼要！毫不玄虚的平实叙述中，已清晰攫住了“自在”和“自由”的哲学内涵。

再譬如：

> 钱多的人比钱少的人吃得好，钱少的人比钱多的人睡得香。

多么诗理相融！只从习以为常的饮食睡眠升发，将物质与精神诗意对比、理性升华，豁然中见出“得失自在天理”的顿悟。这句随想，使我想到另一句含有悖论智慧的格言：“皇宫里有哭声，茅屋里有歌声。”

还譬如：

一个高度，一个境界；一个角度，一个世界。

多么言简意赅！四个“一个”，两组排比，没有一丝一毫的晦涩、迟疑，明明白白告诉你世界的丰富、宽广、多元和变幻，而“认知之妙，存乎一心”。这句随想，有着水净沙明、拈花微笑般的禅意。

仔细体味，上面三个例句，具有一个共同特点，即出语非常简淡，青菜萝卜、竹头木屑一样不经意写来，却总能出奇制胜，从“生活现象的海里”网住一两条跃水而出、极易脱手、活泼泼的“思想的小鱼”。

纵观作者整体的短语写作，也都遵循着这一“不花俏、重内涵、传奇思”的话语格调，这是更高难、更考验作家捕捉能力与思维深度的写作方法。俗语云“一粒沙里见世界，半片花上说人情”，此之谓也。

短语写作，不能轻易从字面上论“短长”

在短语集《随想录》跋语《“随想”的随想》中，作者曾说：“随想写到最后，拼的不是语言，而是思想：

思想的诚实、思想的深刻、思想的智慧。我写随笔，总想简约一点、美丽一点、意外一点。”这段话，正是作家追求“不花俏、重内涵、传奇思”写作理念的脚注。在这种理念贯注下，哪怕是随手写下的一个短语，都仿佛成了“指明问题所在的神奇魔杖”，能够简捷、有力、准确、概括地评点现实，透视人的行为和思想，达到针风砭俗、崇实斥伪、启迪心智的作用。

短语写作“看似容易实艰辛”，最符合海明威版本的“冰山理论”（即“八分之七”都藏在了水下）。短语之“短”，往往要以“长”为前提和铺垫。有时候，“短”即“长”，“长”即“短”，所以不能轻易从字面上论“短长”。

列夫·托尔斯泰晚年的著名短语集《智慧历书》（哈尔滨出版社二〇〇五年十一月版），写作跨度超过十五年，动笔时已接近八十高龄，先后修改增删了三次，出版过三个修订版；拉罗什福科的代表作《道德箴言录》（西苑出版社二〇〇三年一月版），则是根据他近五十年的人生驳杂体验“榨取”出的一本人生断想录，尖锐、刻薄而精辟，书中每一个短语都融会着谋生和与人周旋的机智。同样，您手中持读的这卷《随心所语》，其写作时间虽只在一二十年间，但其素材准备则至少在四五十年间，是“厚积薄发”、“春蚕吐丝”、“燕啄春泥”的心血成果，是光阴与生命“混合双打”的产物。如果没有光阴与生命的双重缔造，任你再“随心”也写不出钻石般的慧语。

人的思想没有长度，笔下的随想却可短可长。为什么作家巴特尔会如此痴迷于短语写作？我想，能将生命要义提纯悟化是一个原因，有长期的人生历练和心智修持是一个原因，惯于用精短语句表达深刻思考还是一个原因。他把平日的思绪、观感、即兴文字、片段灵感等等都随想随记下来，落叶一样积累成“脱口而出”的札记，正像他自己所说：“……我写随笔，是无意插柳，因为它是半路起家，只是一发而不可收。”

“一发而不可收”——这最是理想和谐的“失控态势”，凡事能达到这种欲罢不能、水满自溢的“下意识”、“宿命”境界，把文字写好也便顺理成章，但这种状态很难达到，而使其成为“常态”就更为不易了。

“越简单越厉害”是生活法则，也是写作法则

把文字写短，不仅是提纯的能力，更是高度的修养。人们大多不会写短文章，所以长文章才会不断泛滥成灾，以冗言耗时。

寒斋插架藏有几本倡导“减法主义”的书，譬如法国彼埃蕾特·弗勒蒂奥著《要短句，亲爱的》（人民文学出版社二〇〇三年八月版，“要短句，亲爱的”是作者母亲对女儿写作的教导与叮嘱，作者以此为题表达了对母亲的悼念之情）、钟叔河著《学其短》（安徽教育出版社二〇〇四年五月版）、英国 E.F. 舒马赫著《小的是美好的》（译林出版社二〇〇七年一月版）、美国里奥·巴伯塔著《少的力量》（江苏人民出版社二〇〇九年七月版）……都传达出了“减法思维”。

这里的“短”、“小”、“少”，说的都是一种“自我设限”、“去粗存精”、“化繁为简”、“全神贯注”的力量，因为“越简单越厉害”是生活法则，也是写作法则，没有限制就永远不可能强大。

短语里经常会“掩映”着格言，但短语不都是格言

什么是格言？《汉语大词典》和《辞源》（修订本）的标准解释是“含有教育意义的、可作为准则的话”。

不少读者和评论家喜欢把作家巴特尔的《随想录》当成“格言集”，并不恰当，因为“格言是饱经沧桑、千淘万漉后偶然得到的几粒金沙”、“格言不能成批制造”。我觉得还是称之为“短语”更为宽松和从容。虽然短语里经常会“掩映”着格言，但短语不都是格言。

我还认为，即使思维超拔如马可·奥勒留、拉罗什福科、帕斯卡尔、葛拉西安、富兰克林一般的大智慧者，他们写下的语录也不全是格言，很多都属于松散精悍的短语。譬如德国杰出的思想家、讽刺作家、政论家利希滕贝格所著的《格言集》（辽宁教育出版社一九九八年三月版），尽管名曰“格言集”，其实大部分文字是“日记似的笔记”，与俄国契诃夫所写《契诃夫手记》（百花文艺出版社二〇〇五年五月版）之素描短札风格接近。

只有像《塔木德》里面的话，才句句臻于格言级别，

那不是个人创作，而是犹太民族五千多年来从颠沛流离的人生苦难中总结观察所得，是群体智慧的结晶了。

格言是短语中的“侠之大者”

格言是短语中的“侠之大者”，是短语中的散金碎玉，是“短语的精华”。在许多年轻生命懵懂的成长历程中，有谁没受过格言的召唤、激励与引导吗?

我禁不住回忆起中学时代珍爱过的《名人名言录》（上海人民出版社一九八一年版），那本“集权威性、经典性、时代性于一体”的格言集，开启了一个嗜读少年的灵慧和志向（记得当时写作文惯摘引该书中的格言警句，无形中为作文“强筋壮骨”，得了不少高分）。如今，这本老牌子的《名人名言录》继续长销不衰，据说二十八年里共修订了五版，印刷了三十八次，累计印数达三百二十万册之巨，可见对人类崇高思想的探求追随是读书界“永恒的时尚”。

告别青春进入中年的我，虽然早已脱徙了“用小本子到处抄录名人名言”的青涩，但那份“沐浴光辉，饱尝甘露”的启迪之幸仍然绕怀不去，而热爱格言的习惯依然保持着。目前，手边最常翻阅、咀嚼的一本格言集便是英国约翰·格罗斯编选的《牛津格言集》(汉语大词典出版社一九九一年四月版)，该书中有两句“关于格言的格言”是这样说的：“最富吸引力的格言也许并不是最机智的，而是最真实和最合理的”，“格言如其人”。

我对哲学的了解与偏爱，最初大多是从涉猎狄德罗、培根、尼采、叔本华、伏尔泰、蒙田、萨特等人的哲学随笔开始，而最具哲学意味的格言也正是“单刀赴会”的“一句话哲学随笔”，是哲学家头脑风暴中的一道雷电。许多伟大的哲学家终生与“格言思维”搅拌、厮混在一起，如影随形，无法摆脱，以至于洋洋几百万字的哲学思辨著作最终也只浓缩成了一句被读者广为传诵的格言，成为代表他核心哲学思想的标识，譬如“知识就是力量”、“我知道什么呢”、“我思故我在”、“他人就是我的地狱”等等。

格言类似“语言中的盐巴”，摄入量不可超标

想来这世界上的格言已经足够多，涉及学问、存养、持躬、养生、敦品、处事、接物、齐家、从政、经商、惠吉、悖凶……成千上万，目不暇接，各执一词，言之凿凿，不断谆谆诲教芸芸众生，而吸收领会的分寸则全在我们自己。

几乎所有的格言都是偏颇的、极端的、有历史局限的和有倾向性的，不能完全当真理去信奉和践行；格言类似“语言中的盐巴”，摄入量不可超标，需不断佐以社会实践的“主餐”方可正常消化；格言会影响我们的识见，但不会改变我们的一生，因为它只是前人留下的路标，脚下的路还得靠自己“一步一个脚印”地向前走，何况“条条大路通罗马”；阅读格言，就像与许多伟人一路同行，但始终“尾随其后”总非长久之计，要领略人生最迷人的风光，必须学会“背着行囊独自远征”。

“巴式随想”求短弃长、短中见长、以短胜长、字短情长

我与作家巴特尔以书为媒，由此相识；以文为友，由此相知。我知他从不“强加于人”，更不会以布道者自居，让人全盘接受他的所思所想所悟。《随心所语》不是羊皮卷，它只是“一个人的思想断片”，虽不免“惊鸿一瞥”，仍可领略到作者心灵中的五味杂陈和生命里的七彩斑斓。当然，读者见仁见智、各有解读，也自在情理之中。

在《随想录》序二中，我曾把作家巴特尔的短语写作命名为“巴式随想”，因为它融化了个人哀乐与体悟，富于北方草原粗犷、爽利的风貌，不是“乘大巴组团旅游”，而是“驴友徒步探险”；不属于“名人名言”，却绝对像草原清晨刚挤出来的鲜牛奶一样饱含营养。

面对《随心所语》，我进一步体会到，类似“电报体”和“日本俳句”的“巴式随想”，坚持求短弃长、短中见长、以短胜长、字短情长，其效果是“短语寥寥胜过大论喧喧”，已形成鲜明的“一派巴言”，为中国文坛的短语写作做出了有益且成功的探索。有廉价捧文用八股语汇评说作家巴特尔的短语“读之如饮甘露，如啜醴泉”或“读之如醍醐灌顶，茅塞顿开”，虽然说得笼统模糊、老套陈旧，但意思还是不差的。

人生的迷惑、困顿太多，所以需要有哲学这个导师时时指点迷津。但在生活中，亲切的朋友往往比严肃的导师更具亲和力，也更能帮我们解决具体问题。我想，

《随心所语》即是这样一个“亲切的朋友”，平静清澈、坦诚睿智，或“相见无杂言，但道桑麻长”，或“相见亦无事，不来常思君”，一如作家巴特尔本人一样率真朴茂。

二〇〇九年八月三十一日晨至九月一日晨，断续写毕于内蒙古大学桃李湖畔。

小人物的命运折射大时代的风云

江西初晤钟叔河

熟悉钟叔河先生久矣。他著编的书，泉斋搜存了许多，而互通音问则始于二〇〇三年。湖南民刊《书人》的执行主编萧金鉴是一个非常热心的人，曾搞到《钟叔河散文》和《偶然集》，跑到钟先生那里题签后，再挂寄给我，我与钟先生也便有了往来。

二〇〇六年八月，第四届全国民间读书年会在呼和浩特市召开，我曾邀请钟先生参加，他因故未能到会。年会结束后，我曾托萧金鉴把《清泉》（内蒙古民报）毛边线装合订本一大册捎给了钟先生。

二〇〇七年十一月，在江西省进贤县参加第五届全国民间读书年会期间，我在龚明德教授陪同下拜访了参会的钟先生。记得当晚钟先生正在洗澡，我在大客房外间等了许久，钟先生洗完出来后，像老朋友一样跟我打招呼，对坐茶聊了一个多小时。我回到自己房间后，在当天日记中对谈话内容进行了详细记录。

在第五届全国民间读书年会开幕式上，龚明德教授即兴“说话”，大意是在我们中国民间读书界有两条著名的“右派之河”，一条是“流沙河”，一条是“钟叔河”，希望有机会实现“两河汇流”；还说，中国南北出版界有两位老出版家，凭着学识、良知和胆识创造出了独特的“个人现象”，即北方的“范用现象”和南方的“钟叔河现象”。

在鄂尔多斯高原，萧金鉴向我转述

二〇〇九年九月，在内蒙古鄂尔多斯市举办了第七届全国民间读书年会，我特地委托包头的冯传友兄找长沙萧金鉴去“念楼”邀请钟先生参会，以实现“两河汇流”（因流沙河先生已破例应允参会，做漠北寻根之旅），但钟先生因登台阶时不慎跌跤摔伤了腿，行动不便，便又错过了来草原相聚的契机。

在鄂尔多斯高原，参会的萧金鉴向我转述，钟先生本来很想参会，因为他对内蒙古很有一些特殊的情感：一九五七年，钟先生与妻子朱纯双双被打成右派送去劳动教养，当时家中已有三女，朱纯又怀上了第四个孩子，于是夫妻只好申请回家自谋生计。一九五八年，钟家第四个女儿四毛出生。到一九六〇年全国过苦日子时，家里极端困难，只好忍痛把四毛送往呼和浩特的姑姑家寄养。姑姑家也很困难，不久又把四毛转送到了当地的孤儿院，后来被人收养，不知流落何处。一九七九年落实政策后，钟家费尽周折才把四毛从遥远的内蒙古找回来。

钟家四女儿，三千多名孤儿中普通的一个

一九六〇年，内蒙古牧民在自治区政府主席乌兰夫的直接倡议下，接受并养育了一大批来自南方的孤儿，这是一段悲壮凄婉的历史，也是极其动人的人间传奇，以致后来生发出一批以此为题材的优秀文学、影视作品。

内蒙古教育出版社出版过一本马利著的《三千孤儿

和草原母亲》，详细记述了一九六〇年夏秋间来自上海、安徽、湖南、江苏各地保育院的三千多名孤儿从江南迁徙塞北，浩浩荡荡投入草原怀抱的史实。

内蒙古老作家敖德斯尔的女儿萨仁托娅（内蒙古电影家协会副主席兼秘书长）对这段历史深有采访和研究，以此为题材创作了长篇小说《静静的艾敏河》（十六集同名电视连续剧曾在央视一套节目中播出）和纪实文学《国家的孩子》。

内蒙古作曲家杜兆植创作过数首深情优美的《摇篮曲》，其灵感就来自草原深处马背上的摇篮，特别是睡过“南方孤儿”的摇篮。杜老师曾告诉我，当年来到草原的孤儿中，有一个孩子病馁而死，工作人员要马上埋了，一位蒙古族老阿妈坚决不同意，大声说：“啊呀，这苦命的孩子走了这么遥远的路，还没有睡过我们蒙古人的摇篮呢，怎么能这样匆忙地埋了呢！”最后，老阿妈硬是把这个死去的孩子放在摇篮里“安睡”了几天才葬掉。

投入草原的三千多名孤儿，如蒲公英的种子，随风飘散，命运与遭际各有不同。钟叔河与朱纯的四女儿四毛，就是这三千多名孤儿中普通的一个。

二○○九年九月底，我从插架找出马利著的《三千孤儿和草原母亲》（内蒙古教育出版社一九九七年十二月版），仔细翻阅，想从中发现一些与钟先生四女儿有关的信息，最终找到一段“最接近实际情况”的记述文字，是书中第十三章《天南地北两处情》，系作者对当年呼和浩特某孤儿院保育员马玉珍的采访实录。

常鲜鲜，最早被亲生父母找到的“孤儿”

据马玉珍讲，在她接触的大量孤儿中，常鲜鲜是最早找到亲生父母的“孤儿”（更准确地说，是最早被亲生父母找到的“孤儿”）。

当年收养四毛的一户农民，是呼和浩特市武川县中后河乡东后河行政村南后河自然村的常栽根。常栽根单身而孤苦，收养了四毛后，父女俩便相依为命，靠在田里劳动谋生。因孩子长得聪明水灵，常栽根就为她取名“常鲜鲜”。

二十年后，始终思念在心的亲生父母终于找上门来了。原来，常鲜鲜的父母都是很有才华的知识分子，当年一起被打成右派，孩子生下来以后实在没法儿养，只好托付给孩子的亲姑姑。姑姑家远在呼和浩特，孩子也不少，但她对侄女还是很好的。可是不久，三年困难时期到了，孩子们饿得皮包骨，同时也害怕受到右派亲属的连累，姑姑只好忍痛把侄女送到了当地的孤儿院。这个孤苦无助的孩子，最后落脚到了内蒙古农民常栽根家里。

时光总是太快。转眼到了一九七九年，亲生父母落实了政策，非常思念可怜的女儿，便奔来青城，与孩子姑姑一起，揣着孩子小时候的照片，到当年接收孩子的那家孤儿院寻亲。七找八找，终于辗转打听到了领养人常栽根。在呼和浩特火车站，这对右派夫妇见到了失散多年的亲骨肉四毛，三个人抱头一顿痛哭。

常鲜鲜的生父流着泪，紧握着面前这个憨厚农民的手说："女儿是你养大的，她就是你的亲女儿！"常栽根虽心如刀割，但还是擦着眼泪回答："人都是父母养，将心比心都一样，你们找到女儿，我也高兴啊！"

按照当时的政策，常鲜鲜跟了生父母，一起回了湖南长沙。

“反右斗争”和“孤儿流迁”集中降临在一户普通人家

钟先生“遗失北地二十载”的四女儿常鲜鲜回到湖南后，改名“钟鲜鲜”，在《湖南日报》老干办工作。

钟鲜鲜很重感情，时时思念养父。参加工作后，每年都把养父常栽根接到长沙住一段时间再送回去（常栽根不能完全适应城市生活），一年一次往返，直到养父去世。钟鲜鲜回呼和浩特市武川县“第二故乡”给养父送终时，哭成了一个泪人。

天下绝少有不爱孩子的父母，四毛的父母同样爱四毛，把她舍弃实属无奈，因为现实太惨烈。在要送四毛走的前一天，钟叔河和朱纯特意为四个女儿合照了一张相作为永念，而四毛似已有预感，哭着不肯照，家长只好给了她一块饼干。照出来的照片是，其他三个孩子都抬头望镜头，只有四毛低着头看右手握着的那块饼干。

难以设想，当钟鲜鲜还是常鲜鲜的时候，作为完全脱离亲人呵护的孤儿，千里随风漂泊，她在呼和浩特市武川县最底层的小乡村，土屋柴门、灶台田垅，怎样与养父艰苦度日？也难以设想，在与骨肉离散的二十年，钟叔河、朱纯夫妇熬过多少思念、愧疚、疼痛的不眠之夜？

一九七九年，距离“判刑十年”还差一年，钟叔河先生终于平反出狱。他回到长沙，和妻子朱纯及四个女儿重见，又拍了一张全家福作为庆祝。照片上，当年的四个小孩都已亭亭玉立，而四十八岁的钟叔河先生穿着中式布衣、戴鸭舌帽，竟已像六十岁的老人了。

“反右斗争”和“孤儿流迁”这两大社会事件，竟如此集中地降临在湖南长沙的一户普通人家，让这善良的一家人饱受了冤屈、离散之苦，小人物的命运折射出大时代的风云。古语“人在江湖，身不由己”，果如此。小到三五人，中到一城一域，大到一个国家，其实都具有“江湖”的内涵和性质。

如今已皈依基督教的钟鲜鲜，忆及往事，心境变得相当平静淡然：“最开始，我与所有被父母抛弃的孩子一样，心里充满了怨恨。可后来我信了上帝，所有的怨恨都被解开了。这一切都是上帝的主权，包括我们来到这个世界，都是神的计划”，“一个人最自然的感情就那么几年（大概也就十来年），以后就是一种理性的感情了。我对养父、生父都是那种理性的感情。而我与爷爷在一起的时候当属‘最自然的感情’阶段，记忆也最深，我写过很多散文回忆我和爷爷的故事”。

“劳作而不废读书”是保持人的尊严的好方式

最近收到钟先生挂寄的新著《青灯集》，在前勒口有这样平静的白描：“湖南平江人，一九三一年生，一九四九年十八岁起当编辑，一九五七年后干过搬运、绘图、裱糊和种茶等事，劳作而不废读书，至一九七九年又重新当编辑，直到离休。”

在《青灯集》扉页，有如下题签：“张阿泉先生：谢谢你托萧金鉴赠予的新书和《清泉部落》合订本。虽然少有联系，对于你的文字和工作，远方的我一直是佩服的。钟叔河，二〇〇九年九月十八日，于长沙念楼。”

查资讯可知，流沙河先生也生于一九三一年，与钟叔河同龄，人生经历更是惊人地一致，包括“劳作而不废读书”这一习惯。流沙河先生打成右派后，被贬去烧锅炉，他就边烧锅炉边研读《庄子》和《说文解字》，从中既获得了慰藉又获得了智慧。

“苦难的历程”打磨出了两位“以河为名”的大读书家，这是中国读书界“不幸中的幸事”。

在潮起潮落的大时代当中，我们常常是“沧海一粟式”的小人物，不能完全把握自己的命运，但总可以把握自己的行为。“劳作而不废读书”，其内涵正是“耕读传家”的传统人生美学，也是保持人的尊严的好方式，可以抵御外侮、静心自强。钟叔河、流沙河两先生都是这样身体力行的，我们后辈读书人也应这样跟进去做。

二〇〇九年十月十四日下午动笔，十月十八日深夜写毕，即托萧金鉴转呈钟先生审订一过，钟先生微有修改补充；二〇一三年十月一日至十四日，将全文再次修订一过，而曾为此文热心联络的萧金鉴已于二〇一二年三月二十二日在长沙病逝，老友痛失，思之黯然。在萧金鉴纪念文集《站在阳台看风景》书前，钟先生写了一篇《为萧君作序》，以悼念这位“书界好人”。

散文作家要在“在场主义”之外

——在中国散文学会“现代散文发展趋向与在场主义学术研讨会”上的一段发言

开场白

我是职业电视人，在内蒙古电视台工作，主要做访谈节目、专题片和纪录片，也客串主持各种研讨会。今天角色转换了，忽然发现“话语权”还是很重要，想发表一下意见觉得很困难，挤不进来。但时间紧迫，我有一些切身体会，请主持人陈剑晖教授、曾绍义教授允许我打一个短的穿插。

散文不热也不会冷，它就像一条大河，平静低调地流淌

我是带着照相机到会的，只打算拍照，没准备发言。开会以来，我认真聆听了许多作家学者的意见和观点，感触不少。今天下午又听一些朋友反复说到“散文边缘化”问题，就不仅是感触，进而是感慨了。我觉得，关于“散文边缘化”这个问题应该厘清一下，任何写散文的人都应该厘清一下。

我觉得，散文这种宽泛大气、贴近生命本质的文体，不能肤浅地用“主流”或“边缘”这样简单的标准去衡量。散文浸透包围着我们，就像阳光、空气和水，就像吃饭和睡眠，看似不重要，其实无时无刻不存在于日常生活当中。散文的“主流”，恰是以貌似“边缘”的状态出现。打一个比喻，散文就像大蒜，是一种普通且重要的食品，营养价值高但又不昂贵，可最近大蒜忽然火起来，成了“主流”，价格飙升，反而极不正常，影响到了老百姓的餐桌。食盐、绿豆、板蓝根，也有这种“邪火”。

散文虽从来不会怎样火，但它从来没有被“边缘化”，也永远不会被“边缘化”。很多重要的、能活命养人的东西，其价格都是低廉的、普及的、不奢侈的，状态也不是过热的。凡是容易“过热”的东西，跟着就会有“降温”、“变冷”、“退烧”的时候。散文不热也不会冷，它就像一条大河，平静低调地流淌，如果它突然火爆起来，那一定是发了洪水。容易发洪水的河流，一般也容易出现季节性断流，裸露出干枯的河床。

我们不希望“发洪水”的状态在散文领域出现。如果它不热，自然就不会冷。生活存在着，散文就存在着。所以我对来自甘肃天水的“在场主义”散文作家杨永康所忧患的“散文边缘化”不敢苟同。他这是杞人忧天，没有真正理解散文，或者说是低估了散文。

散文就是生活，就是一种鲜活朴实的生活方式。如果你投入并热爱着生活，散文就一定陪伴着你。

散文类似于书店里长销的《新华字典》、《鲁迅全集》，可以销售几十年乃至几百年。很多甚嚣尘上的畅销书，不择手段地炒作，畅销了几个月或一两年之后，很快就消失在我们的视野里。而且，热衷于买畅销书的人，绝大部分都是不会读书的人，这种畅销也是“肤浅的误读”造成的畅销。所以说，如果不想很快被历史遗忘，就不要追求“主流”或“热卖”。

“在场主义”理论类似于“祖传绝活儿”铁锅炖鱼

我到了眉山之后，才听说了“在场主义”。昨天晚上，我躲在宾馆房间里，一个人仔细而好奇地把关于这个理论的相关书报资料翻了一个遍，结果有些失望，觉得“在场主义”没什么创新的东西，玩的还是空概念，或者说，“在场主义”是一个伪命题。

想起一件我在呼和浩特亲身经历的事情来。有一次，我与几个朋友到呼和浩特一家农家风味的小饭店去聚餐，这家小饭店的铁锅炖鱼很有名气。进去之后，发现饭店墙上挂着很大的广告牌子，有图片，有文字，文字大意是说铁锅炖鱼是店主的“祖传绝活儿”，传了几代，其美味世所罕见。我与朋友们拜读之后，差一点儿笑喷。稍有一些北方游牧民族历史知识的人都知道，像铁锅炖鱼这样高度普及的草根烹饪手法，至少已经流传上千年了。从铁锅出现的时候起，聪明的人类就已经学会炖鱼了。何止是炖鱼，估计什么飞禽走兽的肉都炖过。而这家小饭店的老板，竟敢大言不惭地说是他们家族首创了铁锅炖鱼，还是一个重大发明。

我觉得，“在场主义”的始作俑者、倡导者、推广者，与这家卖铁锅炖鱼的小饭店老板颇为相似。现在大家动辄提“原创”，其实“原创”多稀缺啊。中国文化博大精深，古人过的是由农耕文明、游牧文明滋养的慢生活，心又静又有悟性又勤奋，该“创”的东西几乎都“创”过了，今人在文化上想再有所“创”着实很难。在智慧上，我们并不高于古人，有些地方甚至远远不及古人。

我认为，可以强调“在场”这么一种方式，但不要非得搞成什么石破天惊的“主义”，不要这么搞。我昨天拜读了“在场主义”理论，比如它强调在场、去蔽、敞亮、本真，比如它强调精神性、介入性、当下性、自由性、发现性；我同时也翻读了一些贴着“在场主义”标签的散文作品，发现跟别的类型的散文并无明显区别之处。或者说，如果拿“在场主义”理论去套，我们以前阅读过的许多散文，大都是“在场主义”散文。那些优秀的散文家，从古到今，不都是“在场”的吗？你“独家发明”的铁锅炖鱼，他们早在一千多年以前就炖过了。

写作不是闹革命，不能靠某种“主义”去引领

也许，以周伦佑先生为代表的“在场主义”理论家，本意是想格外强调作家要“突破自我”、“贴近现实”、

"呈现本真"。刚才在会场上，周伦佑先生与四川大学的散文评论家曾绍义教授还进行了一段"短兵相接"、互不买账的骂战，这大概也是"在场主义"理论的一种具体实践。

我觉得，作家与革命家毕竟不一样，写作与闹革命毕竟不一样。闹革命一般是硬性的疾风暴雨，而写作一般是温婉的"随风潜入夜"；闹革命十几年几十年总会过去，优美动人的文学作品千年万年都过不去；闹革命可以用某种"主义"去指挥，写作不能靠某种"主义"去引领；革命家需要志同道合、思想统一，而作家必须参差不齐、思考多元。如果你的写作还处于需要某种理论进行指导的阶段，那就证明你还不太会写作，证明你还很小儿科。

过分强调"在场"或"不在场"，其实没有必要，多少有"作秀"成分在里面。人生时刻都是一种"在场"状态，谁敢说自己"不在场"？你不在这个场就在那个场，你想不在场、想退场都不可能。包括你死后，还得被抬进火葬场、埋进坟场。

“灵魂在场”才是“真正的在场”

我的老朋友、四川师范大学教授龚明德“富藏民国版子”的书房叫“六场绝缘斋”，这“六场”狭义上指官场、商场、情场、赛场、赌场、舞场，广义上泛指“与书无关的场所”。龚仁兄自己解释说，“六场”的“六”是六根清净、六亲不认，是泛指，不可坐实。天津学者罗文华对此评论说，龚先生的“六场绝缘”只是一个“励志式”说法，实际上很难完全做到，至少“情场”就绝不了缘。

刚才，四川师范大学唐小林教授在发言中强调“灵魂在场”，这个观点我比较赞同。“灵魂在场”，这才是重要的，这才是“真正的在场”。如果一个散文作家能去伪存真，追踪生活原貌，不打折扣地记录自己的所思所悟，也就做到了“灵魂在场”。

或者，我们试着从更微妙、更摇曳的角度对“在场”这个概念进行一下研析，比如“身在曹营心在汉”说的是“灵魂不‘在场’”，比如“不识庐山真面目，只缘身在此山中”说的是“被‘在场’所局限”，比如

“台上十分钟，台下十年功”说的是“功夫在‘在场’之外”……

人生的底色是真假难辨，善恶交织。人活一辈子，要遭遇多少谎言？承受多少敷衍？忍耐多少欺骗？淡忘多少诺言？看似“在场”实则远离，看似“不在场”实则胶着。如此说来，我们何必耿耿于“在场”或“不在场”，这只是“第一视力”层面，而一个心智成熟、观察透辟的作家应该拥有“第二视力”乃至“第三视力”。

眉山散文作家不要被眉山这方风土所牵绊

四川眉山有一个散文作家群，体现着眉山的灵秀。但这个散文作家群不必像农民起义似的立一个山头、组成一派势力，它最好是无意识的、松散的自由组合。写作，严格地说，是一个相当孤独、孤僻的营生，更多时候是一个人在单写、单飞，他不属于任何阵营。

文学是一项非常复杂的事业，不应简单以地理区域或行政区划去划分流派，大家不要被眉山所局限，不要以“眉山派作家”自居。当代眉山为什么就不能出几个闻名世界的大作家呢？美国作家福克纳虽然生活在一个小地方，写作题材也相对狭窄，但他依然能写出旷世名著来，依然是大作家。所以，我祝愿眉山作家以后要身在眉山，心系全国，放眼世界，不要被一方风土所牵绊，也不要被一个什么主义所困囿。

记得似乎是胡适先生说过：少谈一些主义，多研究一些问题。我并不反对“在场主义”这个探讨性理论出现，这当然也是一种积极的反思，但我希望大家不要太执着或太计较这个东西，它能对我们的创作和研究产生一些必要的提醒，就已经很好了。

我主张，散文作家要在“在场主义”之外，尽力挣脱灰色的理论捆绑，最大限度地触摸人生和大地。散文永远不能用某一个理论去完全界定，当你用一个理论来界定散文的时候，新的蒙蔽又重新开始，你还得接着“去蔽”。这是一个悖论，就像有人说“我从不撒谎”，而这句话本身就是一个谎言一样。

散文写作的核心和支撑点也应是“赤裸裸的真实”

最后我要说的是，生活既深邃又纯净。如果你能做到生活·读书·新知三联书店店名所明示的那样，好好地去“爱生活”、“好读书”、“求新知”，那你自然而然就能把散文写好。散文是一种精神载体，是一种生活方式，你首先要成为“散文的人”。不是“散文的人”，想写好散文就相当困难，因为你没有根基。

我曾在呼和浩特职业学院主持过著名知青作家老鬼的一场讲座，我现场问老鬼，可有什么写作的方法或诀窍介绍给大家？他说，我完全没有技巧，就像前辈作家巴金主张的那样，最大的技巧就是“无技巧”，完全追求生活的真实，实实在在地写，用很笨的法子去写。老鬼是一个“讷于言”的人，不擅演说，但他讲的都是实话。老鬼的《血色黄昏》、《血与铁》等代表性长篇小说，都是根据几尺高的反省认罪材料改写而成的，具有荒原糙石般“赤裸裸的真实”。所以，老鬼的小说，从某种角度讲，可当传记去读，是另类的“中国知青心灵史”。

散文写作的核心和支撑点也应是“赤裸裸的真实”，所以我们要多借鉴老鬼的笨法子，远离那些华而不实的虚招子。老鬼把他的这种“秉笔直书”的写法称之为“新新闻主义”，我觉得这要比“在场主义”深刻得多，也有内涵得多。

中国散文学会“现代散文发展趋向与在场主义学术研讨会”由四川大学中文系、眉山市文联、眉山市散文学会联办，二〇〇九年十一月二十一日至二十三日在四川省眉山市岷江东湖饭店举行。本文摘自眉山市散文学会主办、周闻道主编、二〇一〇年二月出版的《在场》内刊杂志“现代散文发展趋向与在场主义学术研讨会专家争鸣”专栏，系编者据现场录音整理。现经本人校订一过，酌加小标题，保持口语风格，形成正式文本。

看龚明德教授如何修补《斜坡》

在呼和浩特二〇〇九年初冬的一次古旧书竞买会上，有一本稀见的民国版子《斜坡》，叫价八百元，后来流拍。我向四川师范大学龚明德教授问询可有此书，他说无藏，意欲购下。我随后与负责拍卖的“书友藏书交流中心”联系，几经与书主磋商，终以五百元成交。二〇〇九年十一月十八日晚我飞往成都时，手提箱里就装着这本《斜坡》。

《斜坡》系新诗集，一九二三年由上海新文化书社印行。作者曼尼，名甚偏僻。该书系窄长小册，线绳装订，无勒口，薄牛皮纸封面，品相尚佳。抵达成都当晚，我即把《斜坡》交到龚明德教授手里，他马上指示身边的“陶秘书”付了五百元书款。

第二天上午，我再访成都市玉林北街三十四号，在超级书库六场绝缘斋靠窗的一张旧木桌前，我眼看着龚明德教授端着一杯刚泡好的绿茶，慢慢坐下来，带着极享受的心情，熟练地选用各种修书工具，开始修补这本采自草原青城的《斜坡》：第一步，先把装订的线绳用虎口钳小心拆除干净，使全书完全散开，成为活页册子；第二步，将微有破损的原封面，从里面用厚牛皮纸粘贴托衬，并裁齐，继用小木锤敲实，完全保持原封面的原始信息和设计模样；第三步，用厚牛皮纸（一般是把各种邮寄过的大信封拆开，进行“资源再利用”）按略大尺寸做一张带前后勒口的护封，包在书的外层；第四步，拿细毛笔在书的外护封上，用娟秀小楷题下“斜坡”和“曼尼著”字样。

前后不到半个小时，经过龚明德教授的巧手修补，一册原本黯淡无神、飘零塞外多年的民国旧书《斜坡》，转眼得以“还魂”，完整无缺且焕然一新。这个时候，如果哪位买家想出一千两千的高价“倒购”《斜坡》，那真是门儿也没有了，正所谓“此一时彼一时”也。

目睹了《斜坡》的整个“再生”过程，我深深体会到，龚明德教授“手工作坊式”的精湛技艺，是从长期藏书、修书实践中慢慢总结提炼而获得的，其核心就在于可开可合的“活页智慧”。

越来越珍贵的民国版子，大多是道林纸质或报纸质，漫长岁月已使内文纸张变得脆硬发黄，经不起反复翻查，极易磨损。而拆除铁丝或线绳之后的活页，让书页完全摊得开，既防止了折损、锈蚀，又方便了阅读、圈点、批注、复印、扫描、制版等需求，加上有外护封保护，可让旧书的使用寿命至少延长几十年。

对于藏书人来说，修书是一项必备的看家本领。我自己的修书，早已践行了“活页智慧”，其影响正来自龚明德教授。不唯民国版子，即便是现当代简装、有前后勒口的新书、半新书，只要是用易锈的铁丝装订的，我也一律拆成活页册子，觉得读查起来很舒展。当然，这种“化整为零”的拆补方法，对于民国版子以及更古旧的书，尤为实用有效一些。

二〇〇九年十二月十五日下午至傍晚，伴茶杂写。

梦柳斋，葛筱强的“精神后厨”

——葛筱强著《梦柳斋集》台湾版序言

写序是一件难事

吉林作家葛筱强的随笔散札集《梦柳斋集》即将由台湾秀威书局出版，他在去年十一月来函嘱我写一篇文章作序言，我延宕至今年二月才开始着手阅读该书电子文本并断续动笔试写。

延宕的原因有二：一是年尾岁初是新闻人忙碌的时段，需要当机立断四处奔波，无暇坐下来安静无扰地读写；二是我对写序之难感触甚深，其为文角度与分寸颇不易把握，所以视为畏途，总要思考斟酌很长时间方能着墨（哪怕是完成一篇很短的序言也是如此）。记得我为山东作家徐明祥所著《潜庐藏书纪事》一书写的序言

《书话散文的一种“杂草丛生”的写法》，就整整拖了一年才交差，真佩服明祥兄等待不弃的耐心。

其实，我何尝不想“倚马可待”，为好兄弟的新著振臂一呼、一壮声色，但多少序言（特别是“名家序言”）也正失败在此类敷衍成篇、权作人情上，终至隔靴搔痒，徒留几句空洞乏味、不负责任的过誉之辞。在漫长的阅读经历中，曾见过很多这样的“八股序言”、“面子序言”、“虎皮序言”，殊为痛恨，轮到自己为同道尽职写序时，也就格外警惕，生怕一不留神堕入庸常，亵渎了序言这种本来具有“心灵科研”性质的好文体。

但凡“后厨”，都极具“人间烟火气息”

我曾把自己以前写的、散缀于书前书后的七篇序跋文字拢成一辑，取名《序跋是正文的后厨》，编入拙著《慢慢读，欣赏啊》书中（出版家贺雄飞兄对这一小辑的题目颇为认同）。我的意思是，既曰“后厨”，当然与端庄的“正宴”有明显不同，应该“转到厅堂后面看看”，让人有幸领略与观察到一些凌乱的、半成品的、油盐酱醋杂陈的、烘烤炖煮热气腾腾的、油烟味儿扑鼻的真实景象，这是一种更重要的“回到现场”，也是序跋文字往往飞鸿踏雪、独具魅力的关键所在。

按照“序跋是正文的后厨”这一句式，我们还可演绎出“日记是行为的后厨”、“旧书摊是书香随笔的后厨”、“睡衣是正装的后厨”、“床是爱情的后厨”、“夜晚是白天的后厨”、“海洋是冰山的后厨”等等一系列相似命题。

但凡“后厨”，都具有“人间烟火气息”，有着揭秘、直播、原生、本性、松散、写实、消解、还原等性质。

我的这个“后厨体会”，与龚明德教授的“后花园体会”（在给山东作家自牧所作序言《书——自牧的天地》中，龚先生说“……我们这些仅仅可以读书写字的人能够做的只有永远安安静静地坐在台静农、董桥们常待的那座后花园里，在轻松的气氛中品茶、喝酒、闲聊，同时也翻阅发黄的版本，谈论未了的文事，而后成文成书；至于前厅发生的首饰之争、金银之夺和权势之斗，不是该我们关心的事”），有着同样的精神内涵与价值取向，那就是：我们读书人写文章，要力争不说“假大空”，要勇于表达一己的观点，要坦然揭示生活中的实况（包括“窘况”）。

散文随笔是最难掩藏内心的一种文体

在二〇〇七年夏季的一段不短的呼和浩特会晤中，我曾与龚明德教授进行过风雨朝夕恳谈（记得有一次在新华广场长木椅上夜聊，忽暴雨骤至，我们急往房间奔跑，中途龚兄把眼镜甩丢，后遍寻不得），进一步总结出“在当代中国，真相雷人，根本不需要虚构”的“实录法则”，这个法则在我们近年的实际写作中起到了很好的指导作用。

在各种文学样式中，散文随笔是最难掩藏内心的一种文体，先天具备“自叙”、“自传”、“慵懒而书”、“偶然得之”的元素和基因。最优质的散文随笔，譬如《瓦尔登湖》、《四季随笔》、《一个孤独的散步者的遐想》、《歌德谈话录》、《邓肯自传》、《诺阿，诺阿——芳香的土地》等等，无不遵循“实录法则”，把个人喜怒哀乐的细节与惊世骇俗的思想赤裸挥洒，这是一种自信与实力的下意识张扬。

谨以日本最具代表性的两本古典随笔名著为示例：

清少纳言《枕草子》凡三百二十四段，其书名之意就是“放在枕下的一些草纸”，表示这些短章是灯下枕畔床头的札记、随想之类，东拉西扯，丝毫不讲究结构与章法，却相当“有意思”（“也是很有意思的事情”是这位日本女才子的“招牌口头禅”）；吉田兼好《徒然草》凡二百四十三段，更是“无心插柳”而得，据说这位老法师在垂暮之年僵卧病榻，回首往事，只要心有所悟，便抓起笔把零星感想涂于纸片杂贴到墙壁或写在经卷背面，弟子们在他死后将这些互不连贯、长短无拘的“临终遗言”逐一揭下或抄出，遂汇成一卷绝代的“百无聊赖的排忧遣闷录”。

《枕草子》和《徒然草》的书名中都带着一个“草”字，很是微妙蕴藉，“草”代表草纸、草书、草稿、草案、草成、草创之类，与随笔散漫即兴、不端架子的特质尤为吻合。

“实录法则”对散文随笔的语言表述提出了一个很高要求，那就是“最大限度地贴近事物的本质”，不浮艳、不虚夸、不忽悠，宁拙勿巧、宁瘦勿腴、宁简勿繁。

“往回退，就像刚开始学习写作那样”

二〇〇八年三月，我在北京专访我的本台同事、剧作家冉平，他在访谈中明确提出了一点，即对汉语叙事过于甜腻、繁复和油滑非常不满，特别欣赏《蒙古秘史》（汉译校勘本）中那种“半通不通”的硬性文字，觉得有笨拙、粗糙的质感，与世俗汉文化、汉语拉开了距离，滤掉了汉语的过度渲染。

在长篇历史小说《蒙古往事》后记中，作者冉平这样说：“我个人觉得，有关它的写作更像是还原某种东西，我写得特别小心，不用汉语成语，尽量少用形容词，往回退，就像刚开始学习写作那样，所以感到很困难，有时也相当困惑……它使我看到了自己的某种能力，最终它将成为它自己，可靠，踏实，有阳谋没有阴谋，有情感不讲义务，天真而智慧，野蛮而高贵。当然，这是我所期望的阅读效果。”

二〇〇九年九月，在全国第七届民间读书年会期间，我向每一位与会代表（包括流沙河先生）赠送了一部黄封皮精装竖排旧版《蒙古秘史》（内蒙古人民出版社一九八〇年九月版）。该年十一月二十五日，我在成都看望流沙河先生和车辐先生，流沙河先生说他已通读完这本《蒙古秘史》，收获很大，觉得语言很奇异，并特地翻到此书第九百三十七页标红处，大声朗读了铁木真母亲诃额仑严厉训骂孩子的一段，盛赞是大手笔。

回呼后，我查到了此段文字：“……你每如吃胞衣的狗般，又如冲崖子的猛兽般，又如忍不得怒气的狮子般，又如活吞物的蟒蛇般，又如影儿上冲的海青般，又如噤声吞物的大鱼般，又如咬自羔儿后跟的疯驼般，又如靠风雪害物的狼般，又如赶不动儿子将儿子吃了的鸳鸯般，又如不疑二拿物的虎般，又如妄冲物的禽兽般。你除影子外无伴当、尾子外无鞭子。”

《蒙古秘史》的汉译语言，属于直译或硬译，原汁原味地保留了这部蒙古史学名著的文化特质，洋溢着野性、原始、草根、口语的力量，它给“过于精巧”、“被国学国粹紧紧捆绑”的汉语叙事方式提供了一种警醒，值得我们认真思考。

草原游牧文化之实践的东西多、文献的东西少，其核心思维是流动、无疆界、大胆吸纳。如果把“游牧思维”运用到我们的读书、写作及学术研究上，当会打破若干困囿，取得意外的效果。

“精神后厨”——既是狭义的“梦柳斋”，又是广义的一方民情风物

前面说了这么多闲话，现在切回序言本题。葛筱强的这本《梦柳斋集》，大致是他近十年来耕田、执教、搜书、夜读、冥思、行旅、婚恋、访学之馀所写散文随笔的结帙，分两辑：前一辑涉及农事、购书、旅行、拜晤、怀人等内容，后一辑则悉数是谈书品人的书话书评文章。概括地说，《梦柳斋集》是比较典型的“唯美派书香文字”，是葛筱强的个人心灵史和阅读史，坦诚无欺地“全息实录”了一个敏感悲观、内向寡言、不断进取的东北读书人的内心世界或曰“精神后厨”。

葛筱强的“精神后厨”，既是狭义的“梦柳斋”，又是广义的一方民情风物。一个皎皎书生的所思所想，一定与他自幼生长、跋涉、爱恨交加的脚下泥土息息相关。

葛筱强是纯粹的书爱家，满怀善良，爱交文友，喜欢通信、写博客，尤其擅于向他一心喜爱与追慕的人（譬如海子、苇岸、树才、袁毅、伍立杨、王稼句、龚明德、徐雁、袁滨，也包括我）学习和借鉴——也正缘于此，他的诗歌和文章在构思、立意乃至话语习惯上有时会不自觉地带出一些模仿、移植甚至克隆的影子，这虽是写作的必经之路，但毕竟稚嫩，需要及早克服与过渡，尽快凸显出自己的独立文风（即便是苇岸，其散文作品也像早夭的梁遇春一样，刚刚摆脱模仿阶段，远未臻成熟，只是刚酝酿出一个好气势）。

至于如今颇为流行的书话写作，我在《书话散文的一种“杂草丛生”的写法》文中曾做过主题探讨，觉得这一文体“功夫在文外”、“看似容易实艰辛”，极易陷入“内容摘要”、“以书论书”、“炒冷饭”、“捧吹人场”的广告式浅直。一个处于初级阶段的读书人，没有漫长的淘书甘苦、丰博珍稀的图书库存、书人合一物我两忘的巅峰状态以及心游万仞、牵念苍生的人文关怀，提笔则不免捉襟露怯。葛筱强的书话散文，写作时间较晚而起点很高，灵气十足，已经找到了方向，但还是有些失于清浅。如想成为一家之言，仍须继续俯仰书海、深化思想，扑倒身子再下一番苦功夫。

爱书是一种体验人生的狭窄方式，因此书话也是一种“为人生”的艺术，它没有固定模式，会随着人生阶段的持续精进而不断变化、提升。

抒情的副作用是“过于甜腻和精巧”

葛筱强的语言无疑是偏于抒情的，清晰地透逸出诗人本色（他早年醉于写诗并多有诗作发表，曾被北京作家宁肯推为“最后一个乡村诗人”，只不知这明显不属于统计学概念的“最后一个”，其范围是指通榆县，还是吉林省，抑或是整个中国）。我在旅美诗人程宝林的散文随笔中，同样看到了这种特有的、难以抑制的浪漫骑士气息。这种情形，很像从一个美女走路的姿势就能判断出她是否跳过芭蕾舞一样。

抒情当然没什么不好，但它是一把双刃剑，副作用即冉平先生所贬斥的“过于甜腻和精巧”，容易造成对事物本质的装饰、离间和遮蔽，因此冉平先生写作时才“不用汉语成语，尽量少用形容词，往回退”。北京作家止庵一直“反对抒情”，靠拢周作人和废名的“简单”与“涩”，约略也是此意。我与龚明德教授的共识，则是“坚守白描，回归朴素”，用笨办法写字、说话。写作如苦修、如参禅、如悟道，始终是由绚归淡、删繁就简、逼近内核的过程，没有圆满，没有止境。葛筱强和我们大家都必须时刻“自控抒情”，不放松对语言的洗涤和磨炼。

作家应该生活在四季分明、树木苍劲的北方

我的故乡赤峰市虽归属内蒙古，但距黑吉辽三省不远，有很长一段历史时期由辽宁管辖，地貌风习与东北相近，所以葛筱强笔下所描述的山川景色，我都相当熟悉，并时时唤醒童年的记忆，激起我对白山黑水的眷恋。

作家应该生活在四季分明、树木苍劲的北方，北方的开阔、寒冷、健朗与明净，暗合着生命的轮回变化，格外适宜读书、思考与写作。葛筱强起于寒微，最初从山村到县城，再从县城返回山村，最后又从山村重回县城，历经嬗变，兼得了自然熏陶与文明洗礼，循着生活、读书与新知的小径一路蜿蜒走来，完成了一个“野生人才”的孤独成长。这既是“个案”，也是所有有志于“依靠自身勤奋与智慧获得自尊与安宁”的民间读书人的“通例”。

葛筱强的书斋取名“梦柳斋”，我觉得殊为亲切。在北方的各树种中，柳树是最风神灵秀、惹人乡愁的一种。我以前做工的赤峰电视台，红砖楼前摇曳着十馀棵高大的垂柳，枝丫婆娑，是我劳作后凭窗眺望的养眼风景。赤峰市原称“昭乌达盟”，“昭乌达”在蒙古语中的意思恰是“生长着一百棵柳树的地方”。而整个东北大地，到处都有茂盛的柳树。

葛筱强身居“通榆”而又“梦柳”，可见他与树木有深缘。在此，与葛筱强以陶潜诗相期许——愿我们书窗临树、起居无恙，永远“榆柳荫后檐，桃李罗堂前”、“归真返璞锄新圃，嫉浊思清度苦年”，把平凡而又奢侈的书斋生活进行到底。

二〇一〇年二月二十七日下午三时至二十八日晚间九时断续写毕，时值正月十五元宵佳节，窗外鞭炮繁响、灯火明亮，空气中弥漫着北国之春特有的微醺气息，冬天的忧郁在此刻被荡然清空。每一个春天的来临，都让我们重焕生命的希望。

明代古松，四百多年只做了一件事

召庙里的喇嘛多有学识渊博者

翻阅内蒙古宗教研究专家德勒格先生编著的《内蒙古喇嘛教史》可知，清朝力推喇嘛教，大量财力、物力和人力都耗费在兴建寺庙上，导致召庙林立、喇嘛众多。

召庙是当时地广人稀的草原地区之主要建筑形式，兼备行政、宗教、农贸、教学、研究、集会、医疗等多种功用和优势，因此成为凝聚四方的"草原文化中心"，有的甚至宛如"宗教大学"。

召庙里的喇嘛，因年少向佛、隐居修道，所以多有学识渊博者，他们往往是通晓三藏、擅译经典、医术精湛的专家。

喇嘛教僧人实行学位制，分“却伊拉扎仓”（喇嘛教基础学科）、“卓德巴扎仓”（密宗学科）、“东科尔扎仓”（天文、地理与预测占卜学科）、“满巴扎仓”（病理医疗学科）、“喇嘛日木扎仓”（经典、翻译与菩提道学学科）等学位，类似于当代高校硕博研究生教育，但其难度、质量与境界远非俗世的浮躁功名可比。要取得这些学位，僧人必须吃得大苦、下得笨力，每日默对青灯黄卷诵读不辍，经过漫长深入的学习与研究，灵觉于心，贯穿于行，最后还要通过严格的考试与激烈的答辩。

谨以“满巴扎仓”为例，要获得此学位，僧人必须接受高水准的医学培训，熟读蒙藏医书，懂得人体构造、生克制化、风寒湿热、寒暑变化的道理，能通过诊脉、察便、审尿来准确判断疾病原因，能熟稔运用解剖、刮割、拔罐、针灸、正骨等各种医术为患者治病。

一座召寺有了大树也就有了生机

召庙的文明程度既高，其对建筑、环保的要求也随之提升，不唯位置占尽风水、建筑融汇汉藏，寺内殿前更是遍植松、柏、榆、柳等树种，以之阴翳寺庙、净化空气、承接风雨、昭示冬春。这些树种适宜北地边塞苦寒气候，体形高拔俊逸，生长缓慢，生命力超强，树龄往往跨越数百年乃至上千年。

因拍摄电视专题片或纪录片之故，二十多年来，我走访考察过内蒙古境内大大小小、散落各处的几十座召庙，发现了一个动人的生态现象，即“凡有召庙的地方必有古树”，宛如“伴生”、“孪生”一般，为此我曾写下一篇短文《寺庙里的古树》来记录这种感受。

从某种角度说，召庙内的许多东西都是冷寂灰凉的，只有大树鲜活而茁壮，远胜死板呆滞、被人供奉膜拜的三世佛、文殊、观音和十八罗汉。一座召寺有了大树也就有了生机，有了朝晖夕阴的筛透与碎影，有了叶绽叶凋的四季轮回。

几百年的光阴无情而下，一群又一群的喇嘛来了又走，大树始终“在场”，守护召庙的晨昏，见证召庙的兴衰，陪伴召庙的寂寥。

蒙古人在接受喇嘛教之前信仰萨满教，而“万物有灵”、“天人合一”、“回归自然”的观念是萨满教的理论核心，所以蒙古人很早就养成了优良的生态伦理道德，时刻怀有敬畏与爱慕自然之心，反对人类粗鄙可耻的滥垦、滥伐和污染，以因果、慈悲、整体、调和、可持续的法则，保持朴素单调的游牧生活方式，把人文关怀从社会延伸到自然存在。

喇嘛教盛行后，萨满教虽沦落乡野，但依然在民间流传，成为一种“平民宗教”、“草根宗教”，与“御用宗教”互补并对其产生影响。

我曾在一部电视系列专题片《碧绿与蔚蓝》第六集《多少召庙烟云中》的解说词里这样表达：“……在两种宗教斗争的过程中，藏传佛教也融合、吸收了一些萨满教的祭祀仪式和教理，从而形成了蒙古喇嘛教的独特风格，具有了民族、地域性的鲜明特点。这就像劲风刮过，总会吹起一些河流、泥土和花草的气息。”

“听经松”是整个美岱召的精魂所在

在内蒙古现存召庙中，我对背依阴山主峰、面朝黄河前套的美岱召独有钟情。这座始建于明嘉靖四十四年

（一五六五年）之前的藏传佛教名寺，城寺结合，高墙环绕，历经四百多年磨砺，仍然精致、雄奇和隽永着。只要从那圆拱型的山门一脚踏进美岱召，清凉的氛围立刻把你攫住，世界会瞬间深邃下来。

每次重游美岱召，我惯做两件事：一是在天空瓦蓝、日光明澈的下午不厌倦地仰视美岱召大雄宝殿前的两株巨松，一是在暮色笼罩、村烟飘绕的薄暝漫走于美岱召砖砌的城墙甬道上。

美岱召现存明代松柏凡四株，其中大雄宝殿前的这两株古松被称为“听经松”，树龄与召庙的历史一样长。在莽莽古松的掩映间，大雄宝殿愈显威严。

“听经松”名不虚传，概长期受梵刹诵经之声浸染，其气质修炼得清隽逼人、不染尘俗，树形之苍劲挺秀、枝丫之繁茂舒展，远非乏味言辞可以名状。仔细观察，能看出两株古松有明显不同：西株古松树干笔直坚韧，树峰尖锐直插云霄，松子小而少；东株古松树干弯曲婀娜，树峰向西倾斜，松子大而多。民间根据这一“刚柔相济”、“互相依偎”的状况，又将它们称为“雌雄松”，西雄东雌。

两株古松迎山门而立，是整个美岱召的精魂所在。每次在树下盘桓拍摄，我都感到一种特殊的震撼。栽种它们的明朝人早已纵浪大化，而当初的小松树扎根阴山脚下，经历了无数风雨雷电的考验，一直蜕变成如今的参天大树，而且还存活得如此健康，枝干粗硕，树皮厚实且饱含水分，针叶油绿丰润，丝毫没有衰颓老态和剥蚀刻痕……它们甚至不能被称作“老树”，仿佛正值生命的壮年。

每到盛夏黄昏时分，百鸟纷纷扑回两株古松怀抱，一如飞入一片蓊郁的森林，清越的啁啾声繁密如雨，此起彼伏，喧哗着“孩子回家”的快乐。

雅聚美岱召

记得二〇〇三年八月二十三日下午，我与包头两位好友宋晓岗、冯传友陪同成都龚明德兄从包头市区赴美岱召采风，当晚就住在召内招待所。夜半闷热难眠，我与龚明德兄干脆抱着被子、枕头来到庭院打地铺，躺卧在大雄宝殿前的“听经松”下，听远近的狗吠，看满天的星斗，嗅浓烈的松香，一直裹着被子聊天，几乎通宵达旦。那一夜我们聊的话题已经模糊，但“幕天席地”的畅快野趣一直沉淀在记忆里。

时隔六年之后，二〇〇九年九月四日下午，因为组织全国第七届民间读书年会的机缘，途经包头时，我与龚明德、徐无鬼、黄妙轩、李凌歌等好友陪同成都流沙河先生、天津来新夏教授驱车造访了美岱召。虽只有一小时左右的间隙，大家都游得很开心。蒙古裔的流沙河先生是第一次寻根祖先故地，尤其看得仔细、听得仔细。在“听经松”下，朋友们与流沙河、来新夏两位远道而来的文化硕彦合影留念，苍翠的古松、偏暗的天色和凝重的殿堂成为理想的背景。当我们一行刚离开美岱召奔向鄂尔多斯高原时，急雨骤至，天地间顿时一片迷濛。

古松带给我们的三点“生长哲学”

“听经松”是蒙古地区黄教第一寺美岱召的华彩，也是内蒙古包头市土默特右旗美岱召乡何家圐圙村的有机生态构成，与这个小山村的气候、环境、居民、飞禽乃至习俗、心态融为一体。何家圐圙村是乡政府所在地，早年有何姓人家在此居住，故得名。“圐圙”是蒙语，音近“库伦”，意为“围起来的草场”。“听经松”既属于一座寺庙，也属于整个村庄。

近读到台湾星云大师的一本小书《快不得》，颇多同感。星云大师说，煮菜、追求事业、积累经验、问学、岁月的成长、登山等等人生诸事，都快不得，需要一步一步地成熟，贪快就会“欲速则不达”。

面对我由衷喜爱的“听经松”，比照星云大师的经验之谈，不禁了然。“慢”的道理许多人都懂，能在生活中落实却大不易，而既“慢”且专心致志就更难。明代古松，四百多年只做了一件事，那就是不间断地向上生长，终至树荫如盖、华枝春满、拔萃一方。

抛开茅盾“白杨礼赞”式的牵强附会，这两株从明代活到当代并且还要继续活下去的传奇古松，作为“慢生长”的典范，至少可带给我们三点“生长哲学”：

第一，优异的生长都是缓慢的，遵循自然法则，随着年轮不急不躁地渐进，它不会为了尽早成材而加快发育的速度；

第二，生长要具备一定的宗教情怀，抱散守顽，努力做到不艳羡、不计较、不旁骛；

第三，生长需要有一个相对清新静谧、摒除干扰、远离尘嚣的小环境。

二〇一〇年三月三十一日上午动笔，四月一日傍晚写毕，四月二日上午修订。北国早春天气虽依旧清冷，而内蒙古大学冰封了一个寒冬的桃李湖已重新涌起蔚蓝的波光，我开始体味到美国作家梭罗“伴湖而居”的心情。

关于古松年轮的推测

在内蒙古大学出版社楼下的读者服务部，先后淘到两种书，都与包头市佛教名寺美岱召有关：一种是苗润华、杜华著《草原佛声——蒙古地区黄教第一寺美岱召记》（内蒙古大学出版社二〇〇八年十二月版），系内蒙古文化厅副厅长刘兆和主编“草原文化寻踪丛书”之一种，小十六开本，哑光铜彩版印刷；一种是王磊义、姚桂轩、郭建中著《藏传佛教寺院美岱召五当召调查与研究》（中国藏学出版社二〇〇九年十二月版），大十六开本，上下两册，其中上册是文字，下册是彩图，属国家文物局二〇〇三年文物保护科学和技术研究课题，列“华夏英才基金学术文库”。

两书作者，均系包头市的考古专家和地方史志专家，长期走访、调查藏传佛教寺院，在美岱召主题研究方面都下过很多工夫。其中《草原佛声——蒙古地区黄教第一寺美岱召记》作者之一苗润华先生我还认识，二○○三年八月在美岱召与他有过一面之缘，当时他刚担任美岱召文管所所长不久。

美岱召大雄宝殿前的“雌雄听经松”一直是我的至爱，而关于这两株古松的史料记载却很少。查阅新买的这两种美岱召专著，发现里面对两株古松的记载仍是语焉不详，只惊鸿一瞥地提到了几句。

在《草原佛声——蒙古地区黄教第一寺美岱召记》第一百四十九页，有一小段关于两株古松的记述，说法是：“殿门前两株有四百多年树龄的古松，枝丫繁茂，苍劲挺拔……相依相偎，被民众演绎为阿勒坦汗与三娘子的再生。”

在《藏传佛教寺院美岱召五当召调查与研究》上册第四十八页第五章《建筑》的导言中，可寻见这样一段话：“……大雄宝殿前的两株松树，高约十七八米。一九八五年，内蒙古农牧学院两名学生曾来美岱召对树龄做过树轮探测，测知距今二百五十年左右，大约植于清乾隆时期。”

两书对古松树龄的记载竟相差了大约一百五十年。

查权威文献可知，美岱召始建于明嘉靖四十四年（一五六五年）之前，最早叫“大板升城”，是阿勒坦汗的军事政治号令中心（当时尚无呼和浩特），其沿革已达四百四十多年。即使从明万历十七年（一五八九年）土默川大兴寺庙时期算起（美岱召内的大雄宝殿正是此时建造），也足有四百二十多年的历史了。

我比较倾向《草原佛声——蒙古地区黄教第一寺美岱召记》书内的说法。我觉得，美岱召内的两株古松，最有可能是明万历十七年以后随寺庙兴建而同步栽植，所以距今至少应在四百年以上。而两名内蒙古农牧学院学生探测的“距今二百五十年左右，大约植于清乾隆时期”的结论明显不成立。造成这种误差的原因可能有二：一是二十世纪八十年代探测树龄的设备不太靠谱，二是两名实习生的技术水平不太专业。

人有人貌，树有树貌，树与人在气质上非常相似。仅从美岱召两株古松的“树貌”来判断，没有四百多年持续、宁静的修炼，根本不会有如此“华枝春满，拔萃一方”的“得道高僧气象”。二百多年的古松，虽也能生长得高大、脱俗，但其内在神韵远未达到“高僧”级别，最多属于“较有学问的喇嘛”。

二〇一〇年四月二十七日，倒春寒，天冷不便出门，遂翻查美岱召研究文献，黄昏时分伴茶杂写。

大家寂寞，研究大家的人同样寂寞

——为《赵玉丰年谱》说几句话

大家不一定都在天边，有时候也会在身边，只是出现在身边的大家容易被我们看轻，既不看轻而又能为之钩沉辑佚、树碑立传、传递薪火者，必是优质学者风范（不管这学者有无高级职称或硕导、博导头衔）。

大家往往不能“钦定”、“推举”或“海选”，不一定都在庙堂，江湖之上往往流落着许多像瞎子阿炳一样杰出的大家。这些大家从来不觉得自己是大家，只以普通人模样隐身市井、半世落拓、生死民间。

记不清是哪个德国哲学家说过这样的话，大意是“从脚下的土地深挖下去，就会有泉水涌出”，如果把这个哲学思维“格外”运用于对地方文史、桑梓人物、乡邦文献乃至冷僻绝学的关注与发掘，那一定会有丰厚的采获（所谓爱国，从来不是空洞的“宏大叙事”，爱乡土即是爱国的具体表现）。

红火热闹的是明星、富豪、官宦，往往不是大家，大家从来都是寂寞的。大家的知己，也往往不与大家处在同一时代，很可能会出现在一两百年后甚至是几百年后，属于“隔世知己”。人们惯说“人生得一知己足矣”，实际情况是“人生得一知己难矣”。

真正彻底的学术研究，往往避开世俗利益的分割，在“没有一分钱官方课题经费投入”的情况下，完全依靠独到眼光、一己热情，克服重重困难，经历漫长的积累磨砺，最终坎坷曲折完成。这种艰辛无比也幸福无比的“文化义工”或“文史超男”，具有与生俱来、高度自觉的责任感与使命感。在赤峰学院从事研究工作的李俊义先生便是如此这般的一个人，他独立操作完成的《赵玉丰年谱》一书令学界惊叹不已。

在赤峰的人文历史上，赵玉丰是一颗耀眼却又长期被湮没的星辰。他字蓝士，号庚伯，清嘉庆二十五年（一八二〇年）生于直隶承德府赤峰县四道杖房村（今属内蒙古赤峰市翁牛特旗解放营子乡新杖房村），卒于光绪十四年，原籍山东省昌乐县，祖上于清乾隆年间迁居赤峰。他曾考中举人，后辞官不做，退隐草野，以教书、读书、写作自娱自遣，终了一生。作为晚清重量级诗人、学者，他著作繁富，有《泥莲书室诗词文集》存世。

关于赵玉丰诗词，他的好友、时任赤峰县衙幕僚并主持笔政的顾际盛给过如此点批："庾伯之诗，纵横跌宕，不拘一格，而温柔敦厚，要不失三百篇遗意，非历名山大川，复坐寒岩者，未易有此吐属也。"

山东省作家协会原副主席、《山东文学》原主编邱勋曾这样评价赵玉丰："他的代表性作品，即使放在盛唐大师的作品旁边也毫不逊色"，"他的人生际遇与同时代的小说家蒲松龄有几分相似，都为科举所误……没有成为庙堂高官，却成就了一代诗文大家。蒲松龄留下《聊斋志异》，赵玉丰留下《泥莲书室诗词文集》，他们对博大的中国民族文化都作出了自己的贡献"。

祖籍齐鲁的赵玉丰，才华、成就并不在蒲松龄之下，然因旧体诗词至清代已近衰落，也因他长期身居边塞，与中国内地诗坛的交流受到很大局限，所以他的笔底明珠大多“闲抛闲置野藤中”。《聊斋志异》最终进入了中国文学史，成为妇孺皆知的文学瑰宝；而《泥莲书室诗词文集》却深埋历史尘烟，二百馀年间乏人问津。幸有“隔世知己”李俊义先生孜孜于赵玉丰诗词及生平事迹的搜集研究，方使一代文豪再现风华。

大家寂寞，研究大家的人同样寂寞。如果不寂寞或耐不住寂寞，他就不会真正懂得大家的襟抱，也就没有资质去解读大家的内核、进入大家的内心。年谱也罢，传记也罢，文字里总会下意识地融入研究者个人化的情感和思想，他约略是在寻找“另一个自己”。记得十几年前，我受李俊义先生之托，辗转从内蒙古赤峰市红山区政协原副主席谷正光手里“打字据”借出过一套赵玉丰所著《泥莲书室文集》线装孤本，聊助其校勘评点做工。于今《赵玉丰年谱》（远方出版社二〇一〇年六月版）梓行，前后历经十五年枯索的披阅、抄录、梳理、贯通，凡四十馀万字，战线长、分量重、视野广、层次深，是一项经得起检验的“优质学术工程”，践行了“板凳须坐十年冷”这句不伪的老话。

清华大学中文系的传记学研究专家兼随笔作家杨民

仁兄曾写过一篇文章《可爱的小注》，敏锐地指出了“小注”的可爱与价值。萧乾与文洁若联袂翻译“难懂的天书”《尤利西斯》的过程，几乎就是一个不断“作注”的过程——《尤利西斯》全书内容庞杂、写法独特，如第十一章写音乐、第十七章写天文，许多典故出自《圣经》、荷马史诗《奥德修纪》、莎士比亚戏剧及不经见的典籍，并夹杂了大量俚语和歌曲片断，涉及三十多种语言，如不逐一加注，读者必然发晕。《尤利西斯》萧乾、文洁若译本，凡十八章，书内加注的注释便达五千八百四十条之巨。由此可见，“作注”是大学问，也是大考验，属于非常重要的学术基础建设。李俊义先生编撰的《赵玉丰年谱》，其用功亦尤在“海量注释”，且每一条注释都披沙拣金、翔实有据。该书注释部分达三十馀万言，徵引典籍近二百部，涉及历史学、文献学、考古学、地理学、语言文字学、民族学、方志学、社会学、民俗学、档案学等多学科知识，其注释缤纷多姿，或究正史，或稽方志，或援私著，或抄案牍，释其含义，究其根依，析以类别，综以统系，少则几百字，多则几千字，个别注释甚至长达一两万字，以至随便拎出哪一条来都是独立、完整的学术文章。他的这般令花拳绣腿一路学者们望洋兴叹抑或恨之入骨的“死活计”、“笨功夫”，恰是一条做学问、结硕果的沧桑正道。而这本“厚积厚发”的《赵玉丰年谱》，本身也是对严肃学术的实体“小注”。

我与李俊义先生相识多年，既是乡党，也是世交，更兼同道。虽彼此兴趣与方向各有偏侧，但在求知、问学、访书、著述等方面多有交叉互动。李俊义先生是草原学界的“另类高手”，长严谨而短飘逸、精考索而疏创设、追绝响而弃俗趣、近古奥而远浅白……在数十年坚韧迂回、剑走偏锋的治学苦役中，他始终在“自种其田”、“自行其道”、“自发其声”、“自珍其帚”，心性沉澹，目无迷茫，甘以“静虚山房主人”的释然心态躬耕采菊——这是他在学术研究领域的“深海区”得以安身立命的资本，也是他作为未来一流学者的核心竞争力，希望他把这种势头继续保持下去。

硬件科技需时时前瞻，而软件文化需时时后顾。身处一个物欲熏蒸、心浮气躁的时代，手捧一卷厚重温热、颇不合时宜的《赵玉丰年谱》长编，灯下展读，细细触摸赵玉丰这位贫寂而又高贵的“草根大家”之人生断片与过往情节，我们可以重归宁静，一轮北国高天的明月又古典地照到了窗前。

二〇一〇年五月二十五日下午四时至九时，写于内蒙古大学桃李湖畔。

当我们热爱阅读，我们在热爱什么

——黄岳年著书话集《书林疏叶》序

从大海里舀起一瓢水

以“书林”之喻形容书籍之多，甚是贴切。记得语言学家陈原先生有两本书话集，即以《书林漫步》及《书林漫步续编》为书题。无论是读者还是作者（包括很伟大的作者），对于莽莽书林来说，所能做的，不过就是“拾叶”、“增叶”、“添草”、“啄虫”的做工。黄岳年这本“细叙书人书事”的小书，相当于给“书林”又增“一叶”，且是如此疏朗朴茂的“一叶”。

文化事业是一个没有止境的“接力”工程，而且这个工程是全球化的，需要从古今中外的百科杂学里面来“接力”。只有先“接力”，饱览众多典籍名著之后，才有可能吸收养分，蚕吐出一两片属于自己的叶子。因此，“滴水片石”、“竹头木屑”是专事写作的人应该首先具备的“自知之明”。

成为职业读书人的二十馀年来，我持续淘书、读书，感触最深的一点是：除去“糟蹋粮食”的滥书不算，光是值得寻觅和珍存的好书就已太多太多；每每望到，或因财力或因运力的不逮，不能将它们尽收斋中，终至惋惜。后来我又悟到，好书究竟是买不完、读不完的，爱书人终其一生，永远只是一个“书林漫步者”或“书海浮游者”。

被誉为“中国西北读书星座”的黄岳年，从教之馀，沉醉书香，读馀更擅写品藻文字，出版过《弱水书话》、《弱水读书记——当代书林撷英》、《书蠹生活——悦读中人在天堂》，前两个书名都嵌入了“弱水”字样。苏州作家王稼句先生在《弱水书话》序文中，玩味了“弱水”的两层含义：一层是“水浅”，一层是“弱水三千，取一瓢饮”。王稼句先生把“弱水三千，取一瓢饮”解读成了“对书像对爱情一样专一”，这当然也是妙悟，但我觉得取其直接意义当更为准确。

此处，我也提出一个读书观点，即“弱水主义”，具体含义是：“我所读的书并不多，就像从大海里舀起一瓢水。”这个境界，不是世俗意义上的“谦虚”，而是宗教意义上的“谦卑”。

问题也往往出在这里。读书人读了一些书，不免飘飘然，有时会产生“瞎子摸象”的错觉，容易把那“舀起的一瓢水”错当成整个大海，于是连带产生了浮躁、傲慢、聒噪、狂言、卖弄等诸多病理特征。

“开卷有益”是一个表述不严密的“漏洞命题”，因为“开卷”有两种截然不同的结果：一种是让人“发光”，一种是让人“发疯”。

学会用游牧文化来激活平板思维

弱水，是流经黄岳年所居城市（甘肃省张掖市）的一条河，其下游汇入黑河，流入内蒙古阿拉善盟额济纳旗境内，称“额济纳河”。如此说来，我与黄岳年之间不但有地缘连接，更有水源一脉贯通了。

我采访的脚步曾到达黑河下游的额济纳河谷。在蛮荒戈壁，额济纳河这条并不汹涌的季节性河流，滋养了河谷里近四十五万亩天然胡杨林。查文献可知，胡杨是六千多万年前地中海沿岸遗存下来的古老树种，目前世界上仅有三块集中分布区，尤以“额济纳绿洲”为最。这些生命力超强的胡杨布满了整个额济纳河谷，胡杨叶子是羊和骆驼特别喜欢采吃的美食。

黄岳年非常钟情这条弱水，网名也取为“弱水月年”，可以说是“伴水而居”。不过以我的经验判断，在“十河九断”的干旱缺水地区，弱水更多是存在于内心和文字层面，是桑梓与乡土的象征。对于一个富于深情的作家来说，其生活环境中熟稔的山、水、树、草原、故居乃至古建筑，都可能成为笔底反复描写、晨昏依托的“心理地标”。

在辽远瀚漫的中国西部，最发达的不是农耕文化，而是游牧文化。如果找一句最浓缩的话来概括游牧文化的精髓，那就是“逐水草而居”——打破藩篱窠臼，没有门户疆域之限，放眼天边，行动迅捷，直奔着水草丰美的地方而去，并在草原超负荷之前迁徙到新的营地。

游牧文化是一种健朗舒展的绿色文化，其内容不仅是放牧、狩猎、能歌善舞、胡服骑射等表象，本质在于它的宇宙观、价值观及这些观念在日常生活中的应用。

反观当下，紧张偏狭的名利思想无处不在，已给人心造成了巨大扭曲与伤害，而具有“从宇宙看人类，真诚面对天地”之精神特质的游牧文化，恰能“反哺”急于事功、“为了生存而毁掉生存”的工业文化、后工业文化。

被无数信息硬块塞满大脑的现代人，尤其是著书立说、以创新为己任的知识分子，应学会用游牧文化来激活平板思维，注意把辽远旷达的野性与张力带到读书、写作与研究中去。表述得具象一点儿，就是“跨学科、跨领域无极限阅读”、“书房考索与田野调查并重”、“实录写作与大地浪游互动”。

生态学带给我们的鲜活启发

近年来，我因沉醉于游牧文化，进而身体力行，涉猎了生态学，采集了一批这个学科的经典著述，翻检研修之间，深受启发。

生态学是研究生物与环境相互关系的科学，提倡爱护弱者、保护少数，主张人类、生物与环境和平共处，反对人类过度盘索地球、唯我独尊、搞特殊化；反对强权，主张人权、族权、草权、树权、鸟权、虫权、兽权、山权、地权，还大自然以平等、自由。

生态学提醒我们：最弥足珍贵的东西不是高楼大厦、黄金白银，不是疯长的GDP，而是绿色所代表的相对完整的生态系统；远离出海口、人口密度低、没有发达的重工业，正是这些貌似“缺点”的优点，使草原、湿地等纯天然环境得以保存，避开了喧嚣和污染；我们的物质生活已经“很好”，没有必要追求“更好”，追求“更好”就意味着向大地索取得更多，意味着仅存的草原还将被黑魆魆的煤炭和严重超载的大型运输卡车野蛮地吞噬、碾压……

生态学里有一支美国保护主义流派，其代表性观点被称为“硬绿”。“硬绿”高瞻远瞩地呼吁：“唯一的稀缺是绿色的稀缺，是人类未触动的森林、荒野、湿地的稀缺。”

生态学的终极目标，是“恢复生态系统的自然性”和“民族文化的多样性”。

不要以为生态学仅仅是一门学科，其实它的内容相当丰富、背景极其复杂，不仅涉及地理学、大气科学、环境科学、农牧业科学等自然科学，还涉及历史学、考古学、社会学、经济学、伦理学、美学、政治学、哲学等社会科学，是多学科、跨学科的综合研究乃至国际合作研究。

研究生态学几乎是跟整个世界打交道，没有系统、整体和多元的文化视角，一定会挂一漏万、以偏概全。

生态学所强调的“不过度”、“适可而止”、“保持平衡”、“可持续”理念，有很强的普世价值，可贯彻到生活的各个层面。

不自夸、不吹捧、不卖弄，避免鼓动宣传

《庄子·列御寇》中有这样几句话：“庄子曰，知道易，勿言难。知而不言，所以之天也；知而言之，所以之人也。古之人，天而不人。”

钟叔河先生对这段话如此解读：“庄子说，要弄明白道理很容易，明白之后能含蓄、不急于发表，这很难。求知是为了解世界，达到回归自然；一有所知就想宣传，则是为使别人了解自己。古人取前一种态度。”钟叔河先生最后概括了三个字“少宣传”。

流沙河先生对这段话的解读似更到位：“庄子说，学道懂道不算困难，难在懂了而不夸夸其谈。懂了而不夸夸其谈，因为他已回归自然；懂了而去热情洋溢地鼓动宣传，搞‘人伪表演’，可见他仍是门外汉。古代修道者谨守朴拙，与一切装腔作势绝缘。”流沙河先生最后概括了一句话“鼓动宣传，违反自然”。

庄子这几句话，看似平常，却直击人性弱点，其哲学锋芒可以洞穿时空，较之孔子的“世俗训教”不知要高明多少倍。拿来印证两千三百多年之后的当今世情，特别是考量一些读书读得“发疯”的人，真有惊心动魄之感。

目前，我们常常读到和看到的，不是“弱水主义”，而是“洪水主义”，且是“尺水兴波”、“东施效颦”式的“洪水主义”。譬如小有文名就超级自恋，与朋友聚则必纵谈其某部小说如何轰动，一谈几小时，别人稍有质疑就恼羞成怒，翻脸拂袖；譬如杂藏了数千册普及读物就自封“藏书家”，以“藏书状元”自居，四处招摇；譬如买丛书号、找小印刷厂自行炮制出十几本灰头土脸的糙书，就以“著名作家”名头示人，进而勇敢地自编“研究专辑”；譬如与文坛耆宿通过一信或晤过一面，就强买强卖地把自己搞成其弟子甚至“嫡传弟子”，把名家的礼节性回信印到书里作见证；譬如末流文人每出一书都热衷组织首发研讨会，找枪手写肉麻评论，更利用职权花公款出所谓“文集”，把文字蹩脚、价值观念混乱的跟风习作包装成皇皇十几卷精装垃圾……种种厚颜和不堪，恐怕连想象力超拔的庄子也难以想到。

重温庄子的话，着实有助于清醒地剖析现实。我们不幸活在一个迷信广告、包装、炒作、宣传、打制的快餐时代，触目皆摇唇鼓舌、即炒即卖的场景。而作为有良知、有判断的读书人和写作者，如何“反其道而行”，牢记“桃李不言”、“天地大美不言”、“静水深流”的古箴，努力保持“知而不言”、“知而少言”、“知而淡言”的内敛抱朴状态，不自夸、不吹捧、不卖弄，避免鼓动宣传，已不仅是文风问题，更是做人操守。

所有有志于把文章写好的人，特别是有志于把书话、序跋、评论、杂文类高难文章写好的人，皆应严防

“人伪”摧残“天真”，杜绝言过其实、言之无物、言行不一的坏习惯，践行“用朴素语言表述高贵思想”（四川师范大学龚明德教授语）的好方法。

热爱阅读，相当于在人生中占住了一个靠窗的座位

仿佛是英国作家毛姆说过的话，大意是：人生就像在黄昏的窗前读书，光线柔美，心境安详，但读着读着天就黑了，书还在，人还在，但书页上的字迹已模糊不清。

毛姆是酷爱阅读的人，他从“天黑自动关闭阅读”中领会出人生苦短的无奈。阅读即生活，但书海浩茫，哪怕我们把生命的精力全部拿来读书，也还是所涉寥寥、万不及一。

职业读书人的举止，有“行为艺术”的元素，志趣当不全在读书本身，读多读少其实无所谓，主要是为“寻找靠窗的光线”，尽情享受凭窗阅读的美妙过程，天黑了就坦然地享受“日落而息”。

自然光是最理想的摄影光线，我想，它当然也是最低碳的“纸阅读光线”。自然光不能像灯光那样被设定和控制，但却是“世界上最伟大的照明师”，时刻移动和变化，稍纵即逝，具有无穷无尽的层次与影调……清晨抑或黄昏，在书房、工作室、咖啡馆以及火车上、飞机上，找一个靠窗之处坐下来，独自阅读、品啜、凝思抑或眺望，都是富于建设性、修炼性的雅事。

更延伸一点儿想，“寻找靠窗的光线”属轻微级“飞蛾扑火”，凭心性和热爱而靠近，当然后果不是焚毁而是照沐，这朴素的奢侈寻常可得。

前不久闲读上海人民出版社出版的一本台湾绘本女作家李瑾伦著插画随笔集《靠窗的位子，光线刚好》，书内写到她留学灰冷冷的伦敦，英国皇家艺术学院硕士二年级工作室的座位靠窗，她坐在这个靠窗座位上画了又画……富含诗意的窗子焕发了她的灵感，气氛对了，心情对了，下笔就会大有收获。

黄岳年说：“愿意读书的人，就是有福的人。”我欣赏李瑾伦的情趣，借此再补充一句：“热爱阅读，相当于在人生中占住了一个靠窗的座位。具有‘明窗情结’的人，就是懂得美的生活家。”

二〇一一年二月十日至二十八日，断续写于北京、香港和呼和浩特。

龚明德教授审校附记

泉弟：全序通读了，改动的地方我已用红色标出，是规范微调。我一直没有写，就是想到了岳年的阅读理念有障碍，你的表述把问题说透了，进一步理清了阅读的价值观念，分寸拿捏得也适度，可以发布了。明德，二〇一一年三月二日于成都燕露春茶聚处。

为“文化大厨”做一次“文化小厨”

——黄妙轩著书话集《做书半辈子》序

“文化大厨”这个称号，源自妙轩兄的一篇谈做书心得的短文《编辑，技艺高超的“文化大厨”》。后来，我把采写他的一篇访谈录取题为《“文化大厨”黄妙轩》（载二〇一〇年十二月十五日《北方新报》“第五届草原读书月·对话草原名家”专版），从此，“文化大厨”这顶白帽子便不可救药地戴在了妙轩兄自己头上，戏用一句中国古话就是“以其人之道还治其人之身”。

最初拟定《“文化大厨”黄妙轩》这个访谈录标题时，一向隐身低调的妙轩兄对这顶“飞来的高帽”还颇感惶然，很想把它改掉。我于是向他解释说，“文化大厨”这个概念其实比较中性，也比较粗豪，最多属于“绑架好人”的“口碑”，不能坐实的，虽感觉上深具职业的崇高，却并不能因此去冒领一分钱国务院特殊津贴，再大的厨师还不都是围着锅台“为人民服务”的角色？如此一番“动员”之后，妙轩兄也就“被接受”了。

记得二〇一〇年十二月十五日清晨，我早起要到呼和浩特金岁大酒店为内蒙古党委组织部的一个电视片评比活动当评委，在寒冷的街头抢买了五十份刚刚上市、油墨气息尚在的《北方新报》当“早点”。那一天，刊有《“文化大厨”黄妙轩》访谈专版的“内蒙古第一都市报”《北方新报》，有十几万份迅速发行流转到青城的各个角落，妙轩兄的手机铃声也随之此起彼伏、应接不暇……他发短信来抱怨说“你可把我害苦了”，我则是一阵“幸灾乐祸”式的窃笑。

而这，只是“拉朋友下水”的第一步。话说这位“文化大厨”妙轩兄，生于地质勘探之家，自幼爱美习画、喜潜书海，从内蒙古大学毕业后就直接进了内蒙古教育出版社的“侯门”，一入就是二十多年小三十年，从鲜嫩青春蜕变到沉静中年，始终为人做嫁。除职业推介文章外，他几乎没怎么写过“个人化”作品。忽一日，他偶得雅兴，玩票式地写了一篇谈老辈出版家范用著小书《我爱穆源》的书话文章，拿到我主编的内蒙古藏书家协会机关报《清泉部落》来发表。一读之下，不禁被朴质白描的“妙文”所打动，隐隐发现了他作为随笔作家所具备的特质，心为之喜。谈《我爱穆源》的文章配图发表后，我便不断向妙轩兄约稿，并趁机要求他的新作必须在《清泉部落》首发。妙轩兄率性而写，并相当信守约定，写完一篇就传我一篇，有书话、书人特写、序跋、编辑手札等体裁，断断续续在《清泉部落》发表了十几篇，中国读书界逐渐熟悉了他——原来打理着内教版重点图书工程“纸阅读文库”的操盘手，竟是一位如此细腻内秀、具有广远文化眼光的职业出版人……

为什么编书经年、不事创作的妙轩兄一开笔就能写出上好的文章呢？我仔细思考，发现这事儿看似奇怪，内里自有规律，即他的历练、编务与思考经过缓慢积累、沉淀而导致的“偶然得之”，少了专业写作者的匠气与套路，保持了“吾手写吾口”的初始状态。另外，他在直接接触诸多文坛大家（譬如张中行、范用、邓云乡、流沙河）的过程中，也得以时时“采气”，学习和借鉴到了足够高的眼光和经验。

不久前翻读香港电视同行梁文道著《访问——十五个有想法的书人》（香港上书局二〇〇九年七月版），书中第一篇采访的是大作家董桥，对话中有一点特别触动我，即董桥尖锐而不乏偏颇地指出："……内地呢，老实说，文字写得好的，真的没有几个，就像陶杰讲的，他们的文字污染了。你说内地有什么好作家？都是些老作家，其他人真的看不下去。一个作家不能有居心，一个作家跟一个人一样，你必须坦荡荡，你必须没有任何居心。"拿董桥观点衡量妙轩兄文章，有一点相当契合，即"没有居心"，葆有童贞的文心没有被污染掉，随之流淌出来的文字也就"天然去雕饰"。

进入二〇一一年，我开始进行"拉朋友下水"的第二步，即鼓励妙轩兄披捡箧底、收拾散轶，结成书香一帙，以飨四方同好，并自告奋勇地表示愿意承担起搜集、编排与打磨的前期做工，意在为"文化大厨"做一次"文化小厨"。

既已"下过水"，再下一次，就会产生"身不由己"、"顺水推舟"的惯性。做了多年编辑、副总编辑的妙轩兄，执编书籍一大堆，却不曾想到自己的“处女书”会被我这个局外的电视人给煽动、催生、助产出来。这种状况，与卞之琳诗句“你站在桥上看风景，看风景的人在楼上看你”所描述的“互为风景”意境好有一比了。

这本“走进后厨”的小书，书名曾推敲再三，先后有《“文化大厨”烹饪记》、《半世为书》、《做书半辈子》三个备选，最终决定“一白平天下”，取《做书半辈子》。

《做书半辈子》，这书名拙朴得让人感慨顿生。时光多快啊，猿声难啼轻舟，半辈子就这么陪着书走过来了，其间有多少枯寂的辛劳？又有多少难言的骄傲？不免令人想到旧俄出版家绥青《为书籍的一生》和美国出版家贝内特·瑟夫《我与兰登书屋》中讲到的书与人的生动故事。人生行当三百六，而能以“做书”为职业，为人类生产“灵粮”，已近于“上帝的选民”。“做书”看似寻常，实则邃密，属于“文雅的疯狂”（美国作家尼古拉斯·A. 巴斯贝恩语），是为传播人类文化而从事的一种“堂吉诃德式的奋斗”，必须具有坚忍、刚毅、宽广的内心素质才能做好——而这些，正是妙轩兄早已具有的品格。

《做书半辈子》凡两辑，第一辑《情牵书与人》收评书品人文章，属“望野眼”部分；第二辑《编工丝抽茧》收编馀札记文章，属“老本行”部分……读者从中不但看到一个草原出版人的成长轨迹，还能看到他所忠诚效力的内蒙古教育出版社“由边缘渐入主场”的崛起之路。清华老校长、“一个时代的斯文”梅贻琦先生曾说:“所谓大学者，非谓有大楼之谓也，有大师之谓也。”我们不妨拷贝一下这位二十世纪中国杰出教育家的醒世箴言：“所谓出版社者，非谓有大楼之谓也，有‘文化大厨’之谓也。”一个擅做美味的“文化大厨”，正是一家出版社综合实力（或曰“核心竞争力”）的缩影。

出版业是“精神餐饮业”，其意义与责任均重大。如果一任“垃圾快餐”式的书籍流行甚至甚嚣尘上，轻说会败坏读者胃口，重说会败坏民族未来。想做到“让不读书的人爱读书，让爱读书的人有书读”（四川师范大学龚明德教授语），就需要有一批心胸宽、业务水平高、使命感强的“文化大厨”不断为读者用心烹调“营养正餐”。以我狭窄的眼界看，在中国，这样的“文化大厨”，老辈似可列出张元济、王云五、胡愈之、陈原、赵家璧、范用、戴文葆、吴道弘、沈昌文、钟叔河，中辈似可列出俞晓群、陈子善、龚明德、止庵、陆灏、王稼句、汪家明、蔡玉洗、徐雁、黄妙轩，次中辈似可列出刘瑞琳、郑勇、董宁文……这是一份相当长的名单，恕我在这里挂一漏万。我想，作为胸怀理想而又勤奋做工的内蒙古版“文化大厨”，妙轩兄无疑在自己的岗位与方位上做出了成功探索，而且正值熟年的他，还将为我们万千爱书人奉献若干年，读卖双方的好日子还都在后面。

日常中的妙轩兄，性情温厚、大腹便便，热爱抽烟、品茶、喝酒、夜谈、摄影、交游……自食其力地享受着普通人所应享受的一切。而享受之外，顶级追求莫过于“做书”，或者说他把“做书”也当成了最高级的享受。读者眼前这本《做书半辈子》，既是他“写在书籍边上”的鳞爪，亦是他“写在人生边上”的脚注。对于他来讲，做书与做人大致就是一回事，人书合一。

中外优质编辑家、出版家编馀写下的杂札、短论或回忆录从来好看，不但行文隽雅、书香熏醉，还多有独家占据的文坛资讯、作家逸闻以及“厨师操作机密”，别有一番真情实感和亲历亲为的“在场感”。《做书半辈子》当属此列，它虽是“试水之作”，也是“关于书之书”里面的上乘之作。

在结束此序之前，我不妨再为妙轩兄预设两个“下水”节点，期望以后“人书情未了”的岁月，妙轩兄在圆他人书梦之外，勿忘自己得闲著书，别浪费了随笔作家的才华，能续写出《做书大半辈子》乃至《做书一辈子》，组成一个壮豪的“辈子”系列，把“书的表情”与“书表的情”存录于纸质的小书。倘如此，大厨无悔，读者有福，书林再添蒙地新话，书窗更飘阴山彩云。

二〇一一年五月七日至八日，连续写就于内蒙古大学桃李湖畔。

搜而后得之书，读来最乐

——刘刚著书话集《西书搜读记》序

恐怕喜欢写书话的书爱家，都有一个私密愿望，即“过尽千帆”之后，哪一天也能出版一本小书，托在掌中明媚，既能总结自己，又可分赠同好。现在这一本《西书搜读记》，便是书爱家刘刚近几年来“私密愿望”的落实。

《西书搜读记》收入三十多篇专门“谈西书”的书话随笔，系从作者所发旧作和新写博文中采集而来。文章以“搜读”为引擎展开思路，文风简白质朴，虽仍不乏一些稚嫩浅直之处，但气象已“彩云涌起”，达到“云卷云舒”境界仅是时间问题。

作为初出茅庐的书话作家新秀，刘刚拿出来的第一本书可说是“书香沉郁”、“厚积薄发”，为内蒙古教育出版社“纸阅读文库”之“原创随笔系列”增添了一脉北国清风。

刘刚起于青萍而性情诚笃，收入微薄而买书不辍，读书庞杂而眼力精湛——这般“落花生质地”的布衣读书种子，在现今这个“野蛮的物质主义时代”已难得一见。

嗜读而又通英文，导致刘刚“不薄中书爱西书”。他可直接涉猎一些国内尚无中译本的英文散文原典，这使他的阅读视野得以扩展，阅读体验也变得奇异。他的读书趣味主要集中在散文杂著，对“关于书的书”尤其偏爱。浸淫既久，经历与体悟渐多，积攒下不少“私房货”，于是他便随心生发散逸，细叙书内故事，圈点书外乾坤。

我以为，《西书搜读记》这个书名，最有神的一个字就是“搜”，它使后面的“读”变得奢侈、紧俏和生机勃勃。想一想啊，书生活之甘苦歌哭，尽在“搜”与“读”，两者具有逻辑关系：“搜”是动态行动，“读”是静态思考；“搜”是读前的相思、梦寐、寻觅和期待，

“读”是搜后的惊喜、畅快、炫耀和饕餮。有很多我们思慕已久的好书，因出版年代早、印数少，颇不易直接买到，只能慢慢去搜。古人“众里寻他”、“寤寐思服”之辞，非为描述恋人间的闷骚所专，书痴对于好书的渴求程度丝毫不逊于此，弄不好还可能更高尚、更持久。

《西书搜读记》为读者呈现的，一面是“搜”的辛苦，一面是“读”的欢乐。刘刚的读趣高贵风雅，属叶灵凤、杜渐或董桥一类书爱家，惯于追索域外散文珍品，譬如《四季随笔》、《皮普斯日记》、《瓦尔登湖》、《梭罗日记》、《伦敦的叫卖声》、《牛津书话选》、《书与书人》、《猎书家的假日》、《阁楼哲学家》……其中许多书，都是精装英文原版。每一册英文精品的得藏，都令刘刚迷醉不已，接下来便是耽读、绍介、试译、类比、钩沉、纠谬、评议……这些伟大的西书，陪伴了他心灵、人格的成长，也培育了他的价值观、人生观。

因同为书爱家，翻读刘刚书稿，便引起了许多感怀。我自己属“爱书种子少年栽”一族，回眸持续近三十年的搜读生涯，有两点体会最深：第一，人的命运与书的命运混合交织、相互影响，彼此嵌入得太深，不能截然分开；第二，真正有生命力的书，都是专属某一个主人的“私坊书”，被主人一本一本用心淘来，被主人的气场慢慢磁化和激活，在特定环境中保持着个性化的独立存在，而一旦丧失了主人和特定环境，任何一本书都会瞬间“失魂落魄”、“六神无主”，其审美与使用价值也会大打折扣。

刘刚平素在内蒙古工业大学图书馆做工，相信他对公共图书馆内部事务非常了解。我常常想，一本书最黯淡的命运，莫过于被购入公共图书馆冷藏，其性质恰如民女被征召入宫，貌似堂皇，实则悲催。公共图书馆虽动辄富藏几十万、几百万甚至上千万册书，但其实除了一小部分书有幸被人“功利化”地借阅过之外，绝大部分书都寂寞无比——十几年或几十年尘封暗角，没有手指翻过，没有眼睛扫过，没有笔墨批注过；插在书后小牛皮纸袋里的借阅卡完全空白，没有留下任何一个读者的名字；运气好的书尚可在“注销”后流散民间、重见天日，被爱它的人救走，而运气差的书则永远当白头陈列品，“闲坐说玄宗”，直到腐朽掉或被拖到造纸厂打浆还魂，就像从没来过世上一样……设想一下，如果这些化石般的“处女书”能开口说话，不知要喷出多少尖酸刻薄的牢骚和抱怨。

在拙著书话集《慢慢读，欣赏啊》中收有一篇短文《辨析一下图书的私藏与公藏》，曾对图书“私藏”与“公藏”的关系进行过探讨。无论是业余闲览怡情还是专业研读探究，我都主张多依赖“私藏”而少依赖“公藏”（这一点似乎与钱锺书先生相反）。“私藏”带给人的奇遇、随喜、氛围、便捷和推动，是“公藏”永远难望项背的。打一个比喻：如果说经营“私藏”是出海捕鱼，那么利用“公藏”则是去池塘钓鱼，审美意境相差甚远。考量一个国家国民文化素质的高低、图书阅读量的大小，应该主要不是看它拥有多少“绝世而独立”的图书“公藏”，而要看它蕴涵多少“飞入寻常百姓家”的图书“私藏”。

我这样低估“公藏”，仿佛先天和公共图书馆有仇似的，其实也是有感而发。公共图书馆的价值自然毋庸置疑，它起源于英国，勃兴于美国，具有“博纳智识，倡导平等，服务弱势”的作用，基本理念就是“服务各个阶层”（联合国教科文组织对公共图书馆的定义是

“不论阶层、年龄、性别、是否残疾、经济状况、受教育程度等因素，任何人均可平等地利用”）。二十世纪六十年代，美国发起了“向贫困宣战”运动，启动了许多公共图书馆项目，其真正含义应是“向精神的贫困宣战”。有图书馆专家称：“对弱势群体而言，图书馆可能是唯一可以消弭与富裕阶层之间在知识获取上的鸿沟之机构。”话虽这样说，愿望、出发点也极好，效果却未必理想。这情形类似于提倡“全民阅读”，很容易落空（因为“全民阅读”与“全民当官”、“全民发财”、“全民高雅”一样，是伪概念）。复杂的社会原因造成的巨大贫富分化，无法简单依靠公共图书馆这种“浅平等”、“表平等”措施来解决。

就像我们无法完全借助借钱来发家致富、无法完全借助饭店来享受美食、无法完全借助旅行社来周游世界、无法完全借助嫖娼来满足性欲、无法完全借助养老院来安度晚年……我们也无法完全借助公共图书馆来沐浴书香。对于真正读书、做学问的人来说，公共图书馆永远只是辅助性的查阅库，自己的书房才是藏龙卧虎、韬光养晦的主战场。一个人如果纯然地热爱知识就一定会舍得花钱去淘买好书，而一个家徒四壁、了无藏书的人恐怕也无心光顾公共图书馆。公共图书馆的“公藏”类似硬性的GDP，而“私藏”类似老百姓的幸福指数，只有当“汗牛充栋”、“车载斗量”的“公藏”更多地演变成“燕啄春泥”、“润物无声”的“私藏”，图书才能更好地发挥培育心智、熏陶情趣的作用，否则“公藏”图书再多也仍是徒具皮相、华而不实、远离大众的“形象工程”。

记得美国灾难巨片《后天》以地球气温升高为背景，描述了一场灾难性毁灭事件，把人类带进了第二个冰河世纪。该电影中有一个可怕情节：一群逃难的人躲进纽约市一家公共图书馆，在被寒流冻僵之前，不断把馆内成架成堆的精装藏书扯烂撕碎，然后投进壁炉里燃烧取暖……《后天》虽是科幻片，但由此不难推断，平日看管森严的公共图书馆，一旦天灾人祸降临，就会瞬间失守、任人劫掠、斯文扫地、满目狼藉；或者说，人类一旦开始焚烧书籍、屠戮文明，也就濒临了世界末日。

我们不能过度依赖公共图书馆，因为它具有两面性：既是知识殿堂又是知识牢狱，既是书的聚拢者、监护者又是书的禁锢者、毁弃者。

像草原书爱家刘刚一样“身在曹营心在汉”地去热爱“私藏”吧，铭记《圣经》里说的“寻找，就寻见；叩门，就给你们开门”的神谕，在全球范围内放眼寻觅一本又一本魂牵梦绕的好书。书非搜不能读也；搜而后得之书，读来最乐；世上的好书，全为用心搜集它的人而准备和存在；搜读是神奇的法轮，既会改变书的命运，也会改变读书人的命运。

是为序。

二〇一二年三月十九日至二十八日，写于内蒙古大学桃李湖畔。

微书话四则

题记

在文化快餐时代，似乎什么都没了耐心，一切均以“急利心态”出之，于是便有了微博、微信等短平快的传播利器。在书话写作领域，也出现了微书话，尤以深圳胡洪侠《书情书色》正、续编及《微书话》为典型。我以为，微书话的特点不单在于短，更在于精和悟，反倒比长书话更难写。今试写四则微书话，每则限定在两百字左右，以练习一下自己的“话语控制力”。

希望以后的人生岁月，我能很好地保持散淡与“知还”心境，留出大部分时间沉醉于读书，读后若有心得，就随手杂写一则两百字的段子，虽散乱驳杂亦性情毕见，待“积叶成堆”时当可结成一帙，以《小米书话》之名出版。小米，其形类似芝麻，亦可与西瓜相对，用它来形容文字的短小微末，颇为恰当。

民国版“处女书”

在二〇一一年十二月四日“旧籍美丽，书香青城——第五届青城古旧书竞买会”上，我以二十一号牌、三百元拍下人类学汉译世界名著《南洋猎头民族考察记》，商务印书馆民国二十六年二月印行，原售价一元二角，并注“外埠酌加运费汇费”。

小书已黄旧，三十二开精装，繁体竖排，灰粗纸封套，扉页盖“包头师范专科学校图书馆藏书”红印，书后小牛皮纸袋内的插卡完全空白，证明它还是一本民国版“处女书”，不曾被任何读者“轻薄”或“染指”过，寂寞之深可想。

海顿博士钟情南洋猎头民族

英国生物学家、人类学家海顿博士，生于一八五五年。他于一八八八年到托列斯海峡考察珊瑚礁和海洋动物时，无意间对该地区的土民产生了浓厚兴趣，并开始广泛搜集资料。十年后，他率六人小组再赴托列斯海峡，采风调查一年，得《南洋猎头民族考察记》，一九〇一年由美修安书局出版。

《南洋猎头民族考察记》这书名，直译应为《黑白椶种猎头人》。全书凡十八章，插多幅图画与照片。第八章《婚姻的风俗》中曾提到，当地男子求爱，主要依靠两种方法：一是长于舞蹈，二是拥有多个人类头盖骨战利品。

《重庆蔬菜品种志》如园圃小品

我素喜“蔬菜品种志”一类接地气的农书，《重庆蔬菜品种志》便是此类。该书为重庆人民出版社一九六一年四月版，只印了二千一百册；十六开精装，墨绿封面，传统瘦长宋体烫金书题，简约而朴美；重庆市农业局、西南农学院、重庆市农业科学研究所联合编辑。此书偶淘于成都送仙桥旧书市场，场中有几十个旧书摊位，所卖旧书五行八作，书源纷杂不可考。

此册为上集，含春夏蔬菜凡一百四十二种，黑白实物照片下详注蔬菜品种来源、分布、特征特性及栽培要点，细细翻来如读一卷园圃小品，悠然起豆棚瓜架之思。下集介绍的是秋冬蔬菜品种，五十年前的旧籍了，想淘到配齐恐遥遥无期。

《浙江省地方家畜家禽良种志》乃实地调查一个半月之成果

浙江省农业厅、浙江省农业科学院合编，一九六〇年十一月内部出版，三十二开精装，书题仍是传统瘦长宋体烫银，品相甚佳；内文繁体，穿插黑白实物照片和统计图表，呈现出当时质朴的风貌。

《浙江省地方家畜家禽良种志》的《前言》中有这么一句概括准确的话："这些优良的家畜、家禽，是经过劳动人民千百年来细心培育创造出来的。"

该书乃农业科技人员实地调查一个半月之成果，精心筛选出金华两头乌猪、嘉兴湖羊、萧山鸡等二十一个地方畜禽良种。其中“金华两头乌猪”，皮毛头尾黑、中间白，是加工金华火腿的第一等食材。

二〇一二年五月四日，初夏天晴，翻书自乐，欣然试笔于内蒙古大学三十三号楼，从该楼步行到“内大之镜”桃李湖只需一两分钟。

小注是历史的旁白

——《梦寻天问·高延青韵语全稿》读后札记

书法篆刻家廉信兄转来高延青先生题赠的大著《梦寻天问·高延青韵语全稿》（作家出版社二〇一一年八月版）上下册，嘱我读后写一篇书评。随后，评论家李悦又打来电话催稿两次。我熟悉高延青先生，他在内蒙古赤峰市当市长时，我就与书法家吴银成兄一起去他的宿舍拜访过他，记得相谈甚欢，还请他为赤峰电视台的一个经济类电视栏目题了一副长联。后来，他奉调回首府任内蒙古自治区文化厅厅长，我仍在多种场合领略过这位才子型个性官员思维缜密、情怀深永、决断果敢的迷人风采。听说他从领导岗位退隐后潜心于书画、诗词创作，还剃了一个老衲一样的光头，牵绊了无，真替他感到欣慰。几年前，音乐家臧志君兄曾把《高延青画集》（北京师范大学出版社二〇〇七年七月版）两大卷（“彩墨卷”和“水墨素描卷”）精装本送我珍藏，现在他的诗词集《梦寻天问·高延青韵语全稿》又摆上了我的书案，正是研读学习的好机会啊！灯下伴茶逐页揣摩吟咏，其笔底风致或纯真或沉痛、或牧歌或离骚，一如翻览一部别样的“诗体人生自传”，从中品咂出了许多微妙难传的人间情怀。

我觉得，《梦寻天问·高延青韵语全稿》的况味源于两部分：一是这些韵语体裁多样、清新健朗、直抒胸臆，多属“草莽之作”（作者自评为“遣词造句未饰雕琢，辞章韵律不谙规矩，又多有大白话入就，聊以自娱……不那么讲究，只是一些合辙押韵的话儿”），洋溢着一种“但开风气不为师”的洒脱随性；二是这些韵语的头尾位置往往缀加了质朴简短的注释（目的是“以便读者明白”），这些小注宛若“历史的旁白”，不但交代韵语写作的起因背景，更袒露了作者内心“不易为外人所知”的喜悦与忧伤，很是晶莹可诵。

大概是缘于自己“惯爱散文不写诗”的习惯，所以对《梦寻天问·高延青韵语全稿》书中银鱼一样四处游动的小注格外留心，也格外喜欢。我约略统计，全书在诗词前后添加的小注竟多达五百五十馀条。这些注释，既有弁言，又有尾跋，还有知识链接，与韵语本身互为补读、互为印证，是全书有机的组成部分。作者是复合型蒙古族艺术家，精于书法、绘画、诗词、篆刻、雕塑诸艺，其文字具有信手拈来的“题跋格调”与“金石之风”，短则十几个字，长则数百字，微言剩语，收放率意，成为韵语之外不可或缺的“延伸阅读”。

作者属于“人民的艺术家”，自幼受红色文化熏染，从经常为革命家父亲高布泽博“当抄抄写写的小书僮”，到主政一方的父母官，他始终怀抱着浪漫主义情怀，像自己崇拜的毛泽东主席一样，把个人融入时代洪流，随时以激扬文字实录自己指点江山的心理历程。在该书自序《韵语之缘》中，他说：“二〇〇八年我从内蒙古文化厅转岗政协后，时间充裕了，开始整理我多年来的诗稿，其中主要是新古体诗……多为从政之馀即兴吟唱……都是喜怒哀乐之所载也。”想不到这样一次赋闲后的整理，竟打捞出数百首韵语旧作，辑成厚厚两大卷，自有“鸿鹄兮飞来”的惊讶与重温之喜，正像作者自述的那样：“说一句老实话，在整理诗稿过程中，我确实也被自己的诗所感动。当年写在纸片上、烟盒纸上、卡片上的那些东西，过了许多年再来看，自己也没想到当时能有那样的情感，自己被自己历史的一些东西所感动。”

匆促的岁月，无论曾经多么峥嵘，最后也都要归于尘寂，只有这些“写在时间边上”的断简零笺、断鸿零雁，能把生命的呐喊与爱进行原版存盘。仅从作者精心添加的这五百五十馀条林林总总的小注来看，即可知其用力之殷、用情之深。两卷韵语，绝非无病呻吟的酬酢应时之作，不管是幼稚还是成熟，均发乎内心，浓缩了作者六十多年人生“悲欣交集”的生命记忆。举例为证：《一个孩子在那个非常年代的“诗”（十一首）》的小注介绍这些幼稚涂鸦来源于无意中发现的一个小本子，里面抄录的竟是作者中学时代的“诗作”，是珍贵的少年心痕；《虎刺梅赞》的小注说“我的办公室里有盆虎刺梅，初厌之，嫌其刺露锋芒。日久，觉其形态不俗，故写此诗赞之”，显露出作者对虎刺梅逐渐加深的审美体验；《为扎兰屯农民书画展题》的小注标明“扎兰屯是我的出生地，风光秀美，有北方苏杭之称”；《家乡好》的小注标明“我的祖籍在内蒙古呼和浩特市土默特左旗陶思浩乡忽拉格气村。土左旗是富饶的土默川，史称敕勒川”；《夜雨春归》的小注抒发心绪“大漠之春，来去忽也。春天总是美好的，令人企盼”；《泸沽湖传说》的小注交代“泸沽湖畔居民一半称‘摩梭’人，一半称蒙古人，据考‘摩梭’亦为蒙古的变音”；《为书画展而作》的小注记录“高延青艺术研讨会”对其书画风格的评价是“有情有义，无法无天”，并进而提出了“高延青现象”；《祭灵歌》的小注几乎是其父亲的生平小传，提到“一九六八年六月一日被迫害致死”、“是在内蒙古提倡农牧结合植树造林搞生态建设的第一人”；《喜雨偶吟》的小注感叹“入春以来，三月未雨，风骤沙扬，少遇之灾。近日连降喜雨，心情大爽，作歌与百姓同乐”；《咸亨酒店打油诗》的小注记载一九九三年十月二十一日作者带队由杭州赴绍兴参观，一行人当日中午在咸亨酒店“痛饮该店窖藏八年绍兴老酒十二斤”；

《题书诗》的小注是一条购书日记，说“逢二月二‘龙抬头’吉日，购得《中国大百科全书》一套共七十四卷，甚喜，故作诗以志”；《心问》的小注如开题报告，说“屈原因天尊不可问，而作《天问》；余因人心不可测，而作《心问》”；《为官僚主义造像——讽刺打油诗二十四首》的小注则毫不避讳地注明“今写打油诗为此种主义造像，望有此病者，能对号入座，面镜细观，以求戒治”；《壮行辞》的小注透露其爱子“高路”之名“取自毛泽东诗词中《水调歌头·重上井冈山》一词中‘高路入云端’句”；《辞赤峰》的小注类似一个电影长镜头脚本，镜头慢慢拉开，“市政府广场、昭乌达路两旁和火车站内外，有数万群众自发相送，群情真切，依依惜别，动人心魄。人生有此刻足矣”；《山坡羊·人间最苦是三农》的小注有两条，后一条发现“宋词人王炎《南柯子》有句‘人间辛苦是三农，要得一犁水足，望年丰’，这是一千多年前最早使用‘三农’这个词的人”；《五绝·秋读》的小注颇有陶潜《归园田居》式的释然，题曰“自从转岗以来，数月静心读书，还了许多书债。忙时无暇顾及的《全元曲》、《全唐诗》等，也能仔细读来，幸甚至哉”；《生死大问》的小注是一条哲学笔记，“吾妹嘎力因病突逝，心痛万分。想来吾之命苦，身边至亲已逝数人，思念之时，常怀生死之问，大悲大痛一泄纸端……我相信，悲痛是生活的一部分，也是幸福的一部分”……这些长短不拘、一鳞半爪的小注文字，信手写来，聚焦琐屑细节，提炼人生精华，神思如六朝小品一样摇曳多姿。

长期积累的阅读经验提醒我们，堂皇诗词正文，常流于“宏大叙事与抒情”，易堕入大同小异的“脸谱化”俗套；而附加其侧的小注，因不端架子、不上台面，故无任何矫饰，素面见人，并直接涉及许多日常俗事俗情，反倒更能“见微知著”，从中体察出作者最真实的性情——把《梦寻天问·高延青韵语全稿》全书的小注细读完毕，高延青这位蒙古族文化奇士已血肉丰满、平易可亲、跃然纸上了。

因过于沉醉对小注的“延伸阅读”，我将《梦寻天问·高延青韵语全稿》完全“串读”成了一部随笔断札集，反而忽略了对韵语本身的欣赏。这种“换一个角度解诗词”的阅读方法，让写读双方都处于松弛状态，反倒更能增进对作者内心的透视与“起底”。这些小注是多么瓷实而又灵动的白描文字，好像一部电视纪录片的画外解说，引导读者走进了烹制韵语的“后厨”，深具亲和力与信息量。

《梦寻天问·高延青韵语全稿》的成功，很大一部分来自小注的成功。这五百五十馀条小注，需逐一检索、追忆、查考、核对、钩沉，不是小工程，得耗费大量的时间和精力，于此也可见高延青先生对韵语注释部分的格外重视。

小注为什么会显得比正文重要？我想，可能基于两个原因：一是小注起着直接切近的导读作用，能够清晰诠释创作背景，使读者不至于一头雾水，摸不着头脑；二是知识贫乏的当代读者，如果不借助小注的给力，经常会弄不懂渊博的作者在说什么。尽管小注加得太多、太细，也会有繁冗啰嗦、喧宾夺主或炫秀学问、低估读者智商之嫌，但如果小注过于粗疏、语焉不详、蜻蜓点水，又是对读者的不负责任——在小注的详略选择上，总应取“宁详勿略”之策。

如果说“作为正文的韵语”体现了高延青先生诗人

的疏旷，那么“作为花絮的小注”则体现了高延青先生学者的严谨。

二〇一二年十月二十一日至二十六日，飞行途中及闭门独处中随心翻读《梦寻天问·高延青韵语全稿》，理出心会若干，断续写毕于成都芳邻路十号毓秀苑宾馆。

新闻记者：身在果壳而心怀宇宙

庹震的小书如“小葱大酱”

谋生新闻界，自己也由衷地热爱这个职业，平素就很注意搜集新闻领域的书籍以资参鉴，日子既久，工作室里竟积了数架，其中有一本多年前购得的《全天候记者怎么当》（庹震著，中国发展出版社一九九八年七月版）颇令我所喜，曾在闲暇时细读过数遍，觉得是新闻专著中难得出现的精品（作者庹震系《经济日报》副总编辑、高级记者，一九九三年曾当选第四届“中国十大杰出青年”，写有八九本新闻专著）。

《全天候记者怎么当》写得朴纳无华，又处处把握到关键，一扫“大而无当”的浮泛之风。关于此书特质，

《天津日报》副总编辑、作家张建星在前序《新闻的小葱大酱》中有准确总结：

> 庹震的这本《全天候记者怎么当》无疑是一本和新闻理论有关的随笔集，它不只是理论的，更是实践的。这显然是一部原汁原味的新闻论著；是一本始终没有离开一线，也始终没有放弃思考的实践手记；是一部离版样很近、离采访很近、离职业很近、离操作很近的新闻技术手册。总之，对职业记者来说，这是一本很好看的书，很平实，也很有用。
>
> ……它不是五星级宾馆只有排场没有胃口的“大菜”，它是新闻论著中的小葱大酱，清清爽爽，颇有味道。

庹震一九八二年毕业于武汉大学经济系，是始终“在一线”、“在路上”的新闻报道专家，除了富有知识、才华和采写经验外，更有着“完全投入”的职业精神。《全天候记者怎么当》不尚空谈，每提出一个观点，必辅以具体事例与范文进行通俗易懂的解析，把很容易蹈入说教的新闻理论表述得平白、感性、透辟，的确是一部“离版样很近、离采访很近、离职业很近、离操作很近的新闻技术手册”。

作者自己也说：

> ……从事新闻工作以来，我一直热爱记者这个值得为她献身的平凡而又伟大的职业。这本小册子，也流露着我对这个事业无悔追求的情感。
>
> 我想，一个人，可以没有丰足的衣食，可以没有许多的钱财，但不可以没有对自己所热爱的职业的追求。

二〇〇六年五月，中国发展出版社将《全天候记者怎么当》再版，书名改为《怎样当记者》，开本变大了，内容和装帧也略有变化，又忍不住买了一本，与老版放在一起参阅。可能因恋旧之故，我还是觉得老版的小册子更亲切一些。一本书经过再版，就已不是原来那一本了，模样气质乃至纸质都发生了变化，其区别有些类似“女人再婚”，喜庆依旧而心境殊异。

庹震版“新闻语录”

在翻新版本的《怎样当记者》目录之前，插有一页庹震论述记者做工的警语集锦《职业的幸福》，凡十一条，颇富“中国理论特色”，试摘两条：

> 火热的现实生活，是优秀新闻作品的源泉和基础，提倡记者下“笨功夫”，目的是要使记者置身于社会生活的长河里，观察生活，认识生活，知其缓急，知其冷暖，知其深浅，不断从这长河中摸出“鲜活”的“大鱼”来。记者的主课是社会实践，记者的主舞台是一线的社会生活。
>
> 新闻记者，须早起、早醒、早知，只有知道得早，知道得快，知道得多，才能胜任这项工作，而一知半解、似懂非懂就会误事。“一桶水”是非常必要的，而“水”就在火热的生活里，在大千世界里，在科学知识的海洋里。“深水不响，响水不深”，新闻记者一生都是生活在人民中的学生，一生要不停地丰富自己，一边一瓢瓢地向外舀水，一边要不断地

补充水源，永远保持一定的“蓄水量”。

在《怎样当记者》书前勒口，仍像老版一样附有作者小照与简历，前后时隔八年，爱穿牛仔衬衫、外形俊朗的庹震明显成熟老练了许多，职务也从《经济日报》副总编辑熬成总编辑，完美履历中又加进“二〇〇二年获范长江新闻奖”一条。

庹震有些像央视新闻评论部英年早逝的著名电视人陈虻，非常善于提炼“新闻语录”，文字清正平白，感受均从新闻采编实践中总结而来，充满了真知灼见。

近闻他奉调新华社任副社长，旋即空降广东转任地方官员（中共广东省委常委、宣传部长）。位高权重之后，一代名记者出身的庹震自会发挥更大能量，但依据“权利愈大自由度愈小”法则，想来每日被文山会海、调研视察捆绑的他很难再重温当年审签报样的职业乐趣，早岁激情采访、宁静著书的心境亦不易再现了。

新闻记者，一个永不渺小的职业

在当今物质主义、娱乐风习泛滥的情形下，记者行业早已衰微成高强度、低收入的普通职业，成了一份苦差事。还有若干二流子货色混入此行，以记者幌子招撞敲勒，败坏了新闻行业的公信力，以致社会上一度出现“防火防盗防记者”的民怨。当然，说到要“防”，那何止是记者一行？恐怕三百六十行，行行都有要“防”的孬人。警语告诉我们：“世界上只有渺小的人，没有渺小的职业。”任何个体记者的丑行，都无损于记者职业的伟大。

不少中外名记者作为“社会观察员”和“航海瞭望员”，往往集作家、新闻评论家、摄影家、社会活动家于一身，人脉极其广泛，其笔下文章追求准确客观，或报道时事，或评治议政，或树碑立传，或揭丑爆料，都在时代进程中产生过重大影响。

人民日报出版社在一九九六年、二〇〇〇年曾分别推出“中外名记者丛书”第一辑和第二辑，瘦长三十二开素面小册子，我费了很长时间才逐一收齐。该丛书编辑体例是“每位名记者和新闻名家各占一本，每本十五万字左右，前半部分是专家所作评传，后半部分是新闻作品精选，书尾附有年谱”，深具文献价值。第一辑含萧乾、陆诒、邓拓、刘尊棋、金仲华、邵飘萍、李普曼、埃德加·斯诺、本多勝一、爱泼斯坦十位，第二辑含胡愈之、恽逸群、俞颂华、羊枣、邹韬奋、孟秋江、黄远生、赵超构、戈公振、瞿秋白、萨空了十一位。

“中外名记者丛书”两辑只推了二十一位，漏选了很多新闻大家，我觉得至少还应该有范长江、陶菊隐、曹聚仁、艾格尼丝·史沫特莱、奥琳埃娜·法拉奇、哈里森·索尔兹伯里、拉塞尔·贝克、罗伯特·卡帕等人入选。即使仅挑选中外第一流的名记者，那也将是一份星光耀眼的长名单。

当记者，其实质与当影星、官员、老板的状态并无二致，表面风光无限，内在艰辛累累，属于典型的“痛并快乐着”。少数勇于爆料揭黑的记者，还会时时身处险境，遭遇恐吓、起诉、拘押甚至谋杀（譬如洛阳电视台新闻部记者李翔因调查地沟油真相而被黑势力乱刀砍死）。持有正规新闻记者证的人很多，而每天从事新闻报道的人只是其中一部分。绝大多数的职业记者，虽劳碌一生，也仍默默无闻或只是地区性小有名气，能修炼成“御风而行”的大牌记者的人非常之少，如今似也不是产生大牌记者的时代了。

关于记者职业的特质，新华社前社长郭超人曾如此简练地概括：“……我希望更多优秀的年轻人加入到新闻记者的行列中来，在有限的生命中获得、记录和传播更多的信息，保持自己对世界充满新奇的眼睛、新鲜的思维和年轻的心。”

伊斯雷尔·爱泼斯坦对我如是说

二〇〇四年七月，正值盛夏时节，我带领内蒙古卫视《蔚蓝的故乡·顶级探访》摄制组到北京市紫竹院路三十三号美林公寓一号楼专访国际著名记者伊斯雷尔·爱泼斯坦。一九一五年生于波兰、已近垂暮之年的爱泼斯坦坐在轮椅上回答了我的提问，他的外国式普通话讲得缓慢、笨拙而动听。他在与我握手时，右手虽微微颤抖，但握起来还是相当有力量，并开玩笑说：“我的牙还可以咬人！”这可能是爱泼斯坦漫长的一生中最后一次接受电视媒体专访，此时的他已相当病弱。

对爱泼斯坦的这次专访，是我的朋友、赤峰摄影家孙国辉联络促成的（多年以前，他曾给爱泼斯坦拍过精彩的书房工作照），为此还特地把孙先生从赤峰调到北京参与这次行动。四个多小时的专访，我先后问了二十几个问题，爱泼斯坦没有任何回避，坦然直接而答。譬如我问他："新闻生涯中对您影响最大的人是谁？"他说："有两个人，一个是埃德加·斯诺，一个是宋庆龄。"我又问他："中国的新闻报道应该怎样走？"他说："中国的新闻报道要特别注意两方面，一方面要对中国、对现实有信心，不要偏颇，不要极端化甚至妖魔化；另一方面是如果有什么错误，有什么不应该发生的事情，要敢于面对它，敢于报道出来，不要掩盖。"我还问他："在中国不习惯的是什么？"他说："不习惯的地方可以概括为'三个M'，即'马马虎虎'、'明天再说'、'慢慢来'……"

我最后提的一个问题是："您认为如何才能真正当好新闻记者？"爱泼斯坦着重回答了四点："第一，要说真话，说老实话，这是总的要求，也就是真实，不弄虚作假，不哗众取宠；第二，有的记者把想象与事实的情况混淆了，写出的东西不知道是小说还是记录，要为读者负责，不要用想象力代替事实，不要虚夸，不要'假大空’；第三，当记者当然需要一定的技术，但‘态度比技术更重要’，态度如果不好，你写作的花招再多也不行；第四，记者要有很丰富的知识，记者也是一种专家，而专家不一定是记者。”

哈里森·索尔兹伯里和他的“明尼苏达精神”

生于美国明尼苏达州的名记者哈里森·索尔兹伯里，其招牌性的一句格言是：“倘若一个新闻记者不是‘好事之徒’，那就不如改行去当成本会计。”

索尔兹伯里把自己新闻采访的特征概括为“明尼苏达精神”，即愤世嫉俗、多思善问、不随溜、不事大。

什么叫“不事大”？即不管什么样的大城市、大权威、大财东、大衙门，统统不迷信、不盲从，敢于怀疑、挑战和反对。

美国新闻界的“大姐大”海伦·托马斯，即具有鲜明的“明尼苏达精神”，她长期负责白宫报道，先后用“刀子似的舌头”质问过十任美国总统，被称为“总统折磨者”。海伦·托马斯在其著作《民主的看门狗》中写道：“多年来，我总有机会质问这个国家最有权力的公仆——美国总统。我承认，对这个职位我抱有敬畏，可并不敬畏占据职位的那个人……我们的职责不是去敬仰一个领导人多么德高望重，而是不时地把他们搁到聚光灯下，看看他们是否有负民众的信赖。”

在新闻工作中，“态度比技术更重要”

庹震在《怎样当记者》一书中讲到许多操作性很强的新闻采写规则，譬如“要学会说‘大白话’”、“提倡较真，夯实根基”、“报道最忌‘全’和‘偏’”、“从小题材中发现大亮点”、“小处着笔，大处着眼”、“小处入手，大处收笔”、“记者要记，采访要访，这种笨功夫丢不得”、“记者须像矿工一样具备两条：一条是不怕苦累，深入下去；另一条是要掌握采掘技术，把矿石取出来”、“要学会控制‘情绪’”……但我觉得，庹震的建议大多局限于“技术”层面，很少涉及类似索尔兹伯里所主张的“明尼苏达精神”——而这，往往是新闻采访的根性要素，正如爱泼斯坦所说的“态度比技术更重要”。

相对而言，外国记者比较独立、尖锐和勇敢，中国记者则显得谨慎、中庸、乖巧，其中既有个人原因，更有外部原因。新闻报道不是孤立的，它需要有强力的宪法作支撑。美国记者海伦·托马斯之所以能在白宫“横冲直撞”半个世纪，敢于针砭时弊、褒贬时政，依靠的正是宪法这把“保护伞”。中国新闻报道的社会生态环境还有若干不尽完善的地方，一线记者多有禁忌和顾虑，往往不能放手一搏。正如网络作家十年砍柴所说：“……从事新闻工作，更多的是宣传，写一些自己看上去也觉得生厌的文字，完全为了稻粱谋。一个以写作为生的人，最大的悲哀莫过于此。”

记者的生存状态往往是“身在果壳”，而心灵状态则应是“心怀宇宙”。我滥竽新闻行业二十多年，历练与识见渐深虚长，有几点感触颇深，聊记于此，愿与同道者分享：一，“在路上”、“在基层”、“在现场”都只是一种形式，不是最重要的，只有不断“保持自己对世界充满新奇的眼睛、新鲜的思维和年轻的心”，才可能写出真实深刻的新闻作品，因为“采访是一次灵魂的抵达”；二，记者职业是双刃剑，既让人沉淀也让人浮躁，既让人“无所不知”也让人“一无所知”，所以要修炼定力，禁戒飘忽；三，要把草原游牧文化思维贯注到采编做工中，打开超广角眼界，最大限度地从五湖四海、五行八作中汲取最鲜活的材料与灵感；四，小记者总是如云，大记者从来寥寥，这与其他领域的状况没什么不同，凡天才只能偶尔自主涌现，不能人为拔擢。

二〇一二年十二月二十日至三十一日，岁末读馀有感，反思新闻职业乐忧，断续研写于呼和浩特。

芳邻路十号：当一个地址成为一个地标

芳邻路十号，当代中国阅读文化的缩影

芳邻路十号是毓秀苑宾馆在成都市青羊区的地址，位于一环路西一段著名的“酒吧一条街”，它本质上与芳邻路九号或芳邻路十一号没什么不同。而当我们单独把它拿出来作LOGO时，这个普通地址经过二十年的气场培育，已成为成都市万千街巷中一处名至实归的“书香地标”。

当一个地址成为一个地标，说明它的内功已涵养到家，或与某一件传奇人事紧密相连，具有了某种“代名词”般的特指意义。譬如唐宁街十号乃至李国文笔下的花园街五号，象征权力；台湾导演魏德圣电影中的台湾日据时代旧地址海角七号，象征爱情；西尔薇娅·毕奇创办的莎士比亚书店旧址剧院街十二号，象征巴黎现代主义运动和世界独立书店标杆……

而“芳邻路十号”，象征当代中国不断凝聚与传播的阅读文化，它位居成都，辐射世界。

示例一：一本小书让伦敦的一家二手书店名闻天下

话说伦敦查令十字街八十四号的马克斯与科恩书店原本寂寂无闻，只是一家卖二手书的老店，美国一位穷困而有才情的女作家海莲·汉芙喜欢向这家书店邮购书籍，二十年间总共才邮购了不到五十本书，算不上是好顾客，但她与书店里的德尔先生以及其他人的一叠通信，无意间成就了一段“草根逸事”。

海莲·汉芙根据这些通信整理成的一本书《查令十字街八十四号》，后来成了世界“爱书人的《圣经》”，无数爱书人都渴望路经查令十字街八十四号时替海莲·汉芙“献上一吻”。

美国导演大卫·休·琼斯根据《查令十字街八十四号》这本书，在一九八七年拍成了一部片长一百分钟的同名电影。该片在全球上映后，查令十字街八十四号的知名度就更高了。

我的好友、内蒙古电视台宋国英导演二〇一二年赴伦敦省亲，曾特地寻到这条街“朝圣”，他发现当年的书店早已改为一家酒吧，门旁挂了一块铜牌，简要注明“查令十字街八十四号，马克斯与科恩书店的旧址，因为海莲·汉芙的书而闻名天下”。虽物是而人非，但既来到这个“有故事”的地方，总要买一本书来留作纪念，于是国英兄在查令十字街八十四号附近的旧书店里为我淘买了一本英文版狄更斯名著《雾都孤儿》（二十世纪三十年代所出精致小开本企鹅版），聊慰我对查令十字街八十四号的遥慕之心。

示例二：福尔摩斯纪念馆是阿瑟·柯南道尔侦探小说的“现实版延伸”

真实的通信可以让一个地址变成地标，虚构的小说也能。距查令十字街八十四号不远的贝克街二百二十一号 B 座是福尔摩斯纪念馆，这座伦敦城里湿冷、灰暗的寻常居所，被英国小说家阿瑟·柯南道尔设计成了大侦探福尔摩斯的公寓，福尔摩斯平常就悠闲地在贝克街二百二十一号 B 座里抽烟斗、做化学实验、练习剑术拳术或拉小提琴，等待案件委托人上门……

福尔摩斯纪念馆具有浓郁的维多利亚时代风格，按小说情景完整复制了福尔摩斯的起居室和卧室，里面放着旧烟斗、猎鹿帽、实验仪器、只剩两根弦的小提琴、带黑斑的书桌等福尔摩斯常用的物品，在纪念馆三楼还有一些蜡像再现小说中的情节。

更有意思的是，英国皇家化学学会还于二〇〇二年十月十六日授予福尔摩斯这个英国名侦探“荣誉研究员”称号，使其成为第一位获此荣誉的虚构人物。

阿瑟·柯南道尔非凡的文学才华，几乎把福尔摩斯从小说里完全变到了生活中，成为无数“福粉”膜拜的偶像，并且有“实有其址”的纪念馆供人参观。

可以说，福尔摩斯纪念馆是阿瑟·柯南道尔侦探小说的“现实版延伸”。

示例三：暂时借住的民居，成了安妮·法兰克永远的故居

很早就读了犹太女孩安妮·法兰克的血泪小书《安

妮日记》，并知道她和家人从一九四二年七月八日至一九四四年八月四日为躲避纳粹迫害而藏身的房子已开辟成“安妮之家”。这家安妮·法兰克纪念馆位于荷兰阿姆斯特丹王子运河旁的二百六十七号，留有安妮·法兰克年少时起居的痕迹。

二〇〇四年一月，我赴欧洲采访时曾专门到这所房子寻访，察看了屋内每一处细节和内部陈列的德军占领时代荷兰犹太人苦难逃亡的历史遗品，临走时还买了关于安妮·法兰克的精装本画册、电影《安妮·法兰克》的 DVD 及英文版、繁体中文版《安妮日记》。

安妮·法兰克一九二九年六月生于德国，一九四五年三月死于贝尔根·贝尔森集中营，在世上只活了十五年，她的日记将整整两年惊惶失措的点滴全部实录，勇气与毅力惊人。《安妮日记》自一九四七年问世，已转译成五十四种文字，发行量高达三千万册。

而安妮·法兰克一家在荷兰阿姆斯特丹向朋友家暂时借住的这处民居，也从此成了永远的故居，尽量保持着原貌，向各国游客开放。

示例四：挑战想象力——从迪拜帆船酒店到阿布扎比皇宫酒店

七星级迪拜帆船酒店，又名“阿拉伯塔酒店”，位于阿联酋第二大城市迪拜，兴建于二十世纪九十年代，造型如帆船形的塔，有五十六层，高近三百一十六米，其过人之处不全在无出其右的建筑特色、奢华环境，而尤在“软件”，即至高无上的服务质量。

据说该酒店刚开业时，有一位英国女记者有幸成为首批入住的客人之一，在这里她体验到了前所未有的享受，回国后她就在报纸上撰文盛赞迪拜帆船酒店，报道结尾说：“我已经找不到什么语言来形容它了，只能用七星级来给它定级，以示它的与众不同。”从此以后，这个免费广告就传遍了整个世界。如今这家酒店没有淡季，房价昂贵却顾客盈门，“不怕价高，只怕货差”这句商界名言再次得到验证。

比迪拜帆船酒店更酷的还有一家位于阿联酋首都阿布扎比的阿布扎比皇宫酒店，是全球目前唯一的“八星级”，用黄金与大理石堆成，外形类似《一千零一夜》

中的古典式阿拉伯皇宫，拥有一千三百多米长的黄金海岸线。

该酒店原是酋长行宫，一切按宫廷标准建造，如今顶层依旧是酋长专属总统套房。旷世奢华固是它的一大卖点，而挑战想象力的顶级服务则是它的另一大卖点（据说店内安装的高科技设施已达到二十二世纪水平）。

阿布扎比皇宫酒店最傲人的自宣口号是：“满足你的一切愿望，实现你当国王的梦想。”

所有关于房子的故事都是关于居住人的故事

由以上四个示例观之思之，从草根级临街店铺、平民居所到恐龙级大酒店，无论建筑空间与陈设多小或多大、多简陋或多奢靡，实质上仍属“空房子”。所有关于房子的故事都是关于居住人的故事。

地址只是一个门牌、一座建筑，能拔萃升华成一个概念式地标，引领文化风习，被众人所神往、传颂和寻访，工夫定在门牌与建筑之外，是绵密、细腻的软实力赋予了“空房子”不朽的灵魂。

毓秀苑是“文化五星级”

人们惯用星级来评判酒店档次，其实“品牌比星级更要紧”。打一个比喻：星级类似学历、学位，可以通过形式上的考评获得；而品牌类似能力、信誉，必须练内功，依靠真才实学。

创立于一九九四年的成都空军直属毓秀苑宾馆，楼层不高，经营历史不长，装修朴素，在成都市林立的星级酒店中毫不显赫，与世界顶级酒店相比更是“小巫”，但它不求规模，只求个性，坚持不懈地修炼品质，潜心做品牌，以小见大、以小胜大，最终成为一处多功能的“社区综合体”，成为“诗人的客厅”、“文化人的家”、“学者的灵囿”、“艺术家的苑圃”（四川历史学者谭继和教授语）。“阅在心田，读在途中”，可以说，毓秀苑宾馆走的是一条“以文化为原点进行蜘蛛网式能量链接”的精品酒店之路。

“精品酒店”这一概念，诞生于二十世纪末的欧美地区，源于法语“Boutique”一词，代表一种与主流酒店之标准化、雷同化相对应的个性化产品。精品酒店往往不追求材质奢华，也不强调室内装饰效果夸张，而以创意设计人性化、私密空间舒适化见长，是一种适合小规模运作、精品化经营的专业酒店类型。

精品酒店的重要呈现形式之一便是“主题酒店”——用酒店作载体和平台，凸显特定文化属性，展示类型文化脉络，并使之得到全新阐释，最终成为极具话题的酒店。

自二〇一二年始，毓秀苑宾馆将自己正式规划为“阅读文化主题酒店”，这一“致力于提高国民精神素质”的前瞻性定位，使它与国内所有的主题酒店都区别开来。毓秀苑宾馆的质地与格调，书香深永，卓然不群，一如林中苹果树、草中灵芝、茶中黑茶，已达到了“文化五星级”。

“龙脉”即“人脉”

谭继和先生认为：“从都江堰到金沙村遗址，再到浣花溪、百花潭，这是成都市的‘龙脉’，是自古迄今优良人居建筑的基准线，多少美丽传说、风云际会都发生在这条基准线上。”

毓秀苑宾馆的位置确实得天独厚——坐落在锦江岸边、百花潭畔，伴水而居，以芳为邻，恰处于成都市传统的所谓“龙脉”之上，一如它的名字暗合了“水利殖蜀国，山川毓秀色”的古语。

在宋代陆游《咏梅》、马俌《浣花溪》诗中，亦早有对成都浣花片区迷人风景的描述和咏叹。

我觉得，“龙脉”之说只是一种学术观点，不可完全坐实，因为再好的“龙脉”亦不如“人脉”，或者说“人脉”积累到相当程度也就成了“龙脉”。让毓秀苑成为地标的原因，主要不在“地灵”，而在以赵艳斌为代表的毓秀人持续的努力与湛然的识见。

在论文《饭店人需要补审美课》（载《饭店世界》二〇一一年第三期）中，毓秀苑宾馆总经理赵艳斌曾这样阐释她对“饭店文化”的深度理解：

饭店的服务质量，绝不仅仅是用简单的高声问好、点头哈腰和满面笑容来取悦客人，还应体现在服务的殷勤、周到、细致、专业，更重要的是具有品位。而这一切，都应该是高雅的、美的。美的本质虽只有一个，却以多样形式表现出来，从而能够让客人感到真正的审美享受。审美是一股荡涤人类心灵的神奇力量，有审美的眼睛才能见到美。饭店员工有必要进行审美感受、审美趣味、审美观念、审美能力和审美理想等范畴的素质培训。

“随风潜入夜，润物细无声”。“饭店人生”是一个长期修持与互动的过程，只有在审美中承担一份责任、播下一颗热爱的种子，我们的生命才会在美的境界中变得充实明净起来。

经过二十年的实际锻炼，毓秀人苦练内功，基本补足了“审美课”，即使是“拿刀的厨师”也已成为精于川菜创新的“儒厨”。

尽力彰显“小而精”、“小而优”、“小而美”、“小而安”特色的毓秀苑，与其说是一家宾馆，不如说是一家另类文化传播机构；生在大连长在峨眉、十六岁参军、四川大学 MBA、长期致力于酒店发展事业、屡获社会殊荣的赵艳斌，与其说是一位女企业家，不如说是一位播撒灵慧、培育审美的“文化传播专家”。

毓秀苑，一脉可以手捧畅饮的“源头活水”

拙著《书读长城外》收有一篇详细考索毓秀苑阅读文化主题孕育形成过程的长文《从凤凰台到毓秀苑，文化的风韵一脉相传》。时事总是变化太快，曾以投资民刊《开卷》而闻名国内读书界的南京凤凰台酒店，早已冷淡了书香，有着十多年“辉煌历程”的《开卷》被迫流浪、另投东家即是一个证明。如此观之，善于坚守并进一步以“弘扬阅读文化”为己任的毓秀苑就更显得难能可贵。当代毓秀苑，如同一个气韵强大的道场，频繁举办着各种艺术沙龙、主题文化讲座、新书发布会……一年一度的毓秀阅读文化节也已连续举办了六届。

阿富汗作家乌尔法特敏于观察，他曾在一篇短文《生活》里尖锐指出：

> 同是一条溪中的水，可是有的人用金杯盛它，有的人用泥制的土杯盛它，那些既无金杯又无土杯的人就只好用手捧水喝了。水，本来没有任何差别，差别就在于盛水的器皿。君主与乞丐的差别就在“器

皿”上面。

乌尔法特的意思是提醒人们永远不要被事物的外在形式所蒙蔽，要更多关注“杯中的水”，而如今太多的人都是在“用金杯盛污水”。

在浮华、虚荣的时代，毓秀苑以“阅读”为精神指针，从“大阅读”、“泛阅读”、“跨界阅读”、“立体阅读”角度切入酒店的整体经营，可谓着眼深湛、润泽久远。作为一家宾馆，毓秀苑已远远超越了“为顾客提供优质食宿”的本职，唤醒人们畅饮生命的“源头活水”，为酒店文化注入了新内涵，其着眼可谓深慧，其润泽必将久远。

二〇一三年一月八日至二十一日断续写于成都、呼和浩特，同年九月八日至十月二十日断续修改于成都、呼和浩特、包头、赤峰。

后记

二〇一三年六月一日，我与草原出版家黄妙轩兄赴南京参加作家沈文冲在内蒙古教育出版社所出新书《中国毛边书史话》的研讨会，会上结识了八十二岁的著名学者陈辽。在一个饭桌吃饭的时候，我送了一本我的小书《书读长城外》给陈先生作纪念。二〇一三年十月三十一日，我在呼和浩特忽然接到陈辽先生从南京打来的电话，他告诉我说，前一段时间一直在生病，病中以聊读《书读长城外》自遣，个别篇章还读了两三遍，读出不少新感觉，病愈后特意为这本小书写了一篇评论《散文出现了新品种——“游走散文”》，请我读后交换意见。次日，我便收到陈辽先生的助手葛加红女士用电邮发来的这篇近三千字的文章。

陈辽先生高龄且在病中，与我仅有一面之缘，竟在病床上仔细翻阅了我的拙著并写下评论，这首先是我的荣幸，其次也展示了这位老辈文艺理论家的热情与敏感。在这篇文章的第一段，陈辽先生这样开宗明义：

> 若问：新时期到来后，最繁荣的文学门类是什么？答曰：是散文。时至今日，全国各种报刊发表的散文作品，每日以万计。举凡抒情散文、叙事散文、写人散文、游记散文、议论散文、小品文、随笔、杂文、文化散文、金融散文、应用文、碑铭散文、书信散文、日记散文……目不暇接。以至有散文研究家说过，散文品种该有的都有了。但是，谁也不曾想到，身处长城外、长期生活在内蒙古的散文家张阿泉先生（以下直呼其姓名），却又推出了一个散文新品种——“游走散文”。张阿泉的“游走散文”完全不同于游记散文，他的文字主要在三个层面上游走：从游走草原到游走全国各地；从游走文学到游走新闻、学术；从游走喧哗骚动的物质世界到游走淡泊宁静

的精神世界。这种“游走散文”潇洒自由，信马由缰，
进入了有我更忘我的境界。

这是陈辽先生的观点，我未必完全赞同，更不会真的以为自己“推出了一个散文新品种”，但这个观点颇为有趣，值得探讨。我做电视职业，不在文学界混迹，写作也非主业，多以娱情畅意为宗旨，因此就写得很随心和率性，没有太多章法的束缚。近十多年来，我一直在尝试散文的新写法，努力把“游牧主义”思维运用到写作实操中，让新闻采集、文学描述与学术研究“混搭”、“杂交”，让它们深度互动与融合，形成张力更大的“三不像”散文，其中有些散文原本就是短的电视纪录片解说词。蒙陈辽先生关注，他把这种“杂草丛生的散文”类型界定为“游走散文”，并认定它是散文的一个新品种。

我认为，具有三层“游走”境界的“游走散文”的概念是成立的，它应是散文家族的新成员，虽然未必是由我率先推出或者说这个品种早已存在。我的一位已十几年没再见面的朋友、作家祝勇曾提出一个说法叫“散

文叛徒”，我想我也属于“散文叛徒”之一。作品频出的祝勇，始终在尝试一种“综合写作”、“跨文体写作”、“互文性写作”，比如他的《旧宫殿》一书就把小说、散文、历史研究、对话进行了大杂烩，多声部合唱，效果相当不错。祝勇在二〇一二年四月所写的《禁欲时期的爱情》书序中对这种“叛徒情怀”有多处阐述：“……我看到了被画地为牢的散文外面，还有一大片空白的开阔地，我们可以在其中奔跑，撒野”，“这种离经叛道、不守规矩——好听点儿说，叫做‘探索’，支撑了我最近十年的写作道路”，“在中国绅士们自以为是的艺术偏见之外，我更愿意通过自己的写作来展现写作的不可预知性，我的作品……很难归类，在书店里不知该放在哪个书架，更与奖项无缘，这是因为无论在哪个领域，它们都是边缘，但我从不后悔，反而心怀庆幸”。祝勇的写作方法与偏好当然自成一家，但在追求写作的“远兜远转”、“歪打正着”、“旁逸斜出”这一点上，我们非常近似。祝勇的许多散文作品，也都可列入“游走散文”一档。

如果要追溯我的“游走”型写作的缘由，大致来自两方面：一是来自“走马兰台类转蓬”的新闻记者经历，二是来自“淘书如秋风扫落叶”的藏书家嗜好。前者主要解决“田野调查”问题，后者主要解决“文献查考”问题。人生苦短，世界的田野又太大，我们的时间、脚力与财力都非常有限，无法一一涉足并把诸事都调查清楚，所以大量积累私人藏书以备检索之需就显得尤为重要。

在持续近三十年的淘书生涯中，我把“杂览主义”作风逐渐发挥到了极致，所藏书籍早已从文学、新闻、历史、哲学、美术、摄影、宗教等几个有限门类延展扩张到了百科杂学乃至天下学问，几乎到了无论门户、无论学科、全方位打通、逢好书奇书僻书必收的饕餮程度。如果陌生人浏览我的大工作室内满荷载的一百多个混装铁、木书架，恐将无法准确判断出我所从事的专业，因为品种实在太杂了，而每一个具体品种又太专了（譬如我长期潜心搜存的中草药类、民俗风物类、环境生态类、乡邦文献类、农牧林水类、考古类、古建民居类、蒙古学类书籍，绝不在专业人员所藏的数量与质量之下）。我喜欢把这些巍然壁立、五行八作的藏书比作块状矿石，专供慢慢提炼“稀有金属”之用，矿石务求多，提炼务求精，而“提炼之妙，存乎一心”。搜存一堆矿石摆在屋子里没什么可炫耀的，不被矿石压死且能粉石萃金才是当紧。

已届中年清凉阶段，心性愈趋淡，只醉于读书、写文章。文章虽是纸上云烟，却也极富横岭侧峰、云蒸霞蔚的万千之变，它吐纳的实际上是自然与人类社会的流变与风华。我的这本新结集的山东画报版《把心放进一个嘎查》，与内教版旧著《书读长城外》一样，属于“游走散文”的实验文本，其特点约略就在一个“野”字，即用“文”的语言来表达“野”的内涵。如果让我在这本小书扉页题下一句话来赠勉朋友，我愿意这样写：“旷野和书籍，是我们人生求知历程中永远的两个博导。”

二〇一三年十一月四日，从早晨至黄昏，写于成都；二〇一四年八月二十一日夜，校订于呼和浩特。

图书在版编目（CIP）数据

把心放进一个嘎查/张阿泉著．—济南：山东画报出版社，2014.12

ISBN 978-7-5474-1252-7

Ⅰ.①把… Ⅱ.①张… Ⅲ.①中国文学－当代文学－作品综合集 Ⅳ.①I217.2

中国版本图书馆CIP数据核字（2014）第078466号

项目统筹 徐峙立
责任编辑 怀志霄
装帧设计 王　芳
主管部门 山东出版传媒股份有限公司
出版发行 山东画报出版社
社　址　济南市经九路胜利大街39号　邮编 250001
电　话　总编室（0531）　82098470
市场部（0531）　82098479　82098476　（传真）
网　址　http://www.hbcbs.com.cn
电子信箱　hbcb@sdpress.com.cn
印　　刷 山东鸿杰印务集团有限公司
规　　格 130毫米×184毫米
7.25印张　100千字
版　　次 2014年12月第1版
印　　次 2014年12月第1次印刷
定　　价 30.00元

建议图书分类：散文　随笔